The Small Sage
Will Try Her Best
In The Different
World From Lv.1!

ちびっこ賢者、Lv.1から異世界でがんばります！ 5

彩戸ゆめ　ill. 竹花ノート

CONTENTS

[イラスト 竹花ノート]

第一章
ローグ門

The Small Sage Will Try Her Best In The Different World From Lv.1!

王都にある中央神殿の魔石《ませき》が盗まれて、王都全体を囲む結界が消滅《しょうめつ》してしまった。

その知らせに、アルにーさまはすぐさま各所に知らせを出した。

「まだ団長はそれほど王都から離れていないに違いない。エンジュ、魔鳥《まちょう》を飛ばして呼び戻してくれ」

「かしこまりました」

「僕は急いで王宮へ行く」

取るものも取りあえず出かけようとするアルにーさまの背中を、私は必死に追いかける。

「アルにーさま、私も行きます！」

「結界が消えたからといってすぐに魔物が襲ってくるわけじゃないけど……、この屋敷《やしき》には守りの魔法陣を置いているから安全だよ。ユーリはここで、フランクたちと合流して欲しい。後で連絡を入れるからね」

「アルにーさま！」

「大丈夫だから、いい子で待っておいで」

慌《あわ》ただしく出ていったアルにーさまを追いかけるわけにもいかず、私にも何かできることはないだろうかと考えた。

「エンジュさん、何かお手伝いできることはありますか？」

忙《いそが》しそうなエンジュさんを呼び止めて聞いてみる。

エンジュさんはしばらく考えた後「それでは」と言った。

「材料を用意させますので、よろしければポーションを作って頂けますか？」

「ポーションなら、在庫がたくさんあります。先にそれを出しておきますね」

アイテムボックスには、同じ種類のアイテムを九百九十九個重ねて入れておくことができるから、ポーション類はたくさん持っている。

ポーションだけじゃなくてハイポーションとかＭＰポーションとか、必要最低限だけ残しておいて、全部出しておこう。

私は広間に陣取って、そこでアイテムボックスの中身をたくさん取り出した。

「えーっと、武器もあるといいのかな。確か、ここらへんに店売りしようと思ってたノーマルのプラチナ武器があったはずだけど……。あ、あった」

エリュシアへ来る前に賢者《けんじゃ》の塔《とう》で拾ったノーマル武器の数々は、後で店売りしようと思ってとっておいたものだ。

レアとかユニークじゃなければアイテムボックスの枠の中に重ねられるから、かなりの数を持っている。

よく見れば、賢者の塔で拾ったものだけではなく、その前のダンジョンで拾った武器も多かった。

忙しさにかまけて、店売りしてなくて良かったぁ。

でもプラチナ武器ってレベル50以上じゃないと装備できないんだよね。

私はレベルが足りないと装備できなかったけど、エリュシアの人にはレベルなんてないからどうなんだろう。

アルにーさまもアマンダさんもレベル50以上はありそうだけど、一般の兵士さんもそれくらいのレベルがあるのかなぁ。

レアとかユニーク装備だと一度装備したら他の人が使えなくなっちゃうけど、ノーマル武器にはその縛りはない。だから一度装備したものでも他の人に渡すことができる。

レベル制限さえどうにかなれば、これを使ってもらえそうだけど。

とりあえず装備できるかどうかは実際に試してもらえばいいよね。

後はポーションを出してっと。

ポーションとハイポーションとMPポーションとMPハイポーションと、毒消しと麻痺治《まひなお》しと、それから……。

アイテムボックスを同期させている猫の顔のポシェットからあれもこれもと取り出していると、最初は驚いていたエンジュさんも、ハッと我に返ってすぐに各種の薬を木箱に詰めるように指示した。

さすがにこれだけあれば、しばらくはもつよね。

「にゃあ」

ノアールは私が取り出したポーションを不思議そうに見ている。

無邪気《むじゃき》にぽよよんと跳《は》ねまわっているプルンがポーションの瓶《びん》を倒さないように、ノアールは前足で瓶をガードしてくれていた。

「ありがとう、ノアール。あっちで遊んで待っててくれる？」

「にゃ〜ん」

ノアールの頭の上にぴょんとプルンが乗って、部屋の隅《すみ》へと向かう。

ごめんね。後でゆっくり遊ぶから、待っててね。

「さてと、もっと作ったほうがいいよね」

私はノアールとプルンが横で仲良く遊んでいる中、用意してもらった材料を使ってポーションを作りまくった。

そうして忙しくしていると、王都の結界がなくなったことで何が起きるんだろうという不安を忘れられた。

早く、アルにーさまが帰ってきてくれればいいのに。

何も問題はなかったよ、って、いつもの笑顔で言ってくれればいいのに。

そう思いながら、ずっとポーションを作り続けて……。どれくらいの時間が過ぎたのだろう。

気がつけば、周りにはたくさんのポーションができあがっていた。

「にゃあ……」

心配そうなノアールが、私の手に顔を寄せる。プルンもふるふると揺れながら私の指先に触れていた。

「ねえ、ノアール。なんで結界がなくなっちゃったんだろう。すぐに魔物が襲ってくるわけじゃないってアルにーさまは言っていたけど、心配だなぁ」

「にゃう……」

アルにーさまと一緒に行った市場の活気《かっき》を思い出す。もしあそこが魔物に襲われたら……と考えてゾッとする。

「まあ、そう心配することもなかろう。結界が消えてもすぐに魔物が襲ってくるわけでもなし。それに代わりの魔石なら、この間の魔の氾濫《はんらん》で手に入れた魔石で代用できるだろうよ」

「カリンさん！」

うつむいていた顔を上げると、そこにはいつもと変わらない様子のカリンさんがいた。

「アルゴから小娘の様子を見て欲しいと連絡がきた。ヴィルナも一緒にいるぞ」

扉の向こうから、ヴィルナさんがひょいと顔を出す。

「ヴィルナさんも！」

だけどアマンダさんとフランクさんの姿はない。

アマンダさんは騎士だから、きっとアルにーさまと一緒に王都の治安維持《ちあんいじ》に尽力しているんだろう。

「フランクさんは……？」

「フランクは神殿へ向かった。何だか慌てていたようだが、何があったんだ？　アルゴからの魔鳥でここに呼ばれてきたんだが……。肝心《かんじん》のアルゴがいない」

ヴィルナさんはまだ結界がなくなったことを知らないみたいで不思議そうにしている。

「神殿の魔石が盗まれて、結界が張れなくなったらしいぞ」

「なんだって⁉」

ヴィルナさんの耳がケバケバになった。

しっぽもブワッと毛がふくらんでいる。

「一体誰がそんなことを……」

「さあな。だがあれほどの魔石、売るとしてもすぐに足がつくだろうに酔狂《すいきょう》なことだ。クーデター騒ぎで警備が薄くなったのに乗《じょう》じて、マニアが盗んだのかもしれんが」

魔石マニアによる盗難……。

カリンさんが言うと、それが事実だったかのように聞こえる。

いやだって、カリンさんはスライムマニアだから、魔石マニアの気持ちも分かるのかなって。

「しかし凄《すご》いな、これは……全部ポーションか？」

ヴィルナさんが部屋を見回して呟《つぶや》いた。あんまり表情は変わらないけど、耳は驚いたようにぴこぴこ動いている。

「つい、作りすぎちゃったみたいです」

第一章 ▶▶▶ ローグ門

しょんぼりしていると、ヴィルナさんが遠慮《えんりよ》がちに私の頭を撫《な》でた。

いつも頭を撫でてくれるのはアルにーさまかアマンダさんだったから、ちょっと新鮮だ。

「心配するな。フランクが神殿に向かった。いずれ詳細が分かる」

普段無口なヴィルナさんの、少し低い声が優しく降ってくる。

「結界用の魔石など、新しいものを使えば良かろう。魔の氾濫の時に倒したゴブリンキングの魔石があるしな。八年前のアンデッドキングのものも、あるかもしれん」

「じゃあすぐに結界が張られるんですか？」

電池を入れ替えるみたいに、すぐに使えるようになるんだろうか。

「丸一日あれば大丈夫だと思うぞ」

ほっ。それなら安心だよね。

「魔物も王都には結界があるのを知っているからな。わざわざ近寄ってきたりはせん。中に入ってくるのはせいぜい、街の周りをうろついているスライムくらいであろう」

そこでハッと何かに気づいたカリンさんがビン底メガネをキラリと輝かせた。

「ふむ。では今の王都には野生《やせい》のスライムがいるということか。これは実に興味深い。さっそく王都の中を調査しに行かねば！」

「えっ。カリンさん⁉」

すぐに出ていこうとするカリンさんを追いかけて、ヴィルナさんと二人で屋敷の外へ出る。

すると、カリンさんが急に立ち止まった。

「カリンさん、アルにーさまが何があったか分かるまでは家の中にいたほうが安全だって――」

と、そこでカリンさんが見ているほうへ目を向ける。

「空に何かある……？」

青い空にぽたりと絵の具を落としたかのように、そこだけ赤くにじんでいる。

じっと目をこらすと、それはゆらゆらと揺れて、こちらに向かってきているように見えた。

「なんという禍々《まがまが》しい気配だ……」

カリンさんがメガネを直しながら、険《けわ》しい口調で呟いた。

「あれは……魔物の王よりも厄介《やっかい》かもしれん」

魔物の王より⁉

なんでそんなものが……。

アルにーさまは大丈夫なの？

「こっちに向かってくるなら、みんな逃げないと」

私はおろおろしながら言った。

だって、どうすればいいの？

分かんないよ。

「このタイミングで結界が消えるとは、まずいな……」

ヴィルナさんが空をじっと見つめる。

もしあれが本当に魔物の王よりも強かったら、この王都にいる人たちで倒せるんだろうか。

魔の氾濫の時は、大勢の騎士や兵士や冒険者たちがいた。

そしてレオンさんも。

でもそのレオンさんはいない。

たとえアルにーさまやアマンダさんたちみたいな強い騎士の人たちがたくさんいたとしても、ゴブリンキングより強いなら、きっと倒すのに何日もかかる。

もしかしたら、倒せないかも……。

でも、私たちなら――。

リヴァイアサンの加護と玄武《げんぶ》の加護を持つ私たちなら……。

その時、王城のほうから花火のようなものがあがった。

赤い色で三回。そして青い色で一回。

「ふむ。ローグ門へ招集《しょうしゅう》か」

「急ごう」

カリンさんとヴィルナさんが花火を見上げる。

そしてカリンさんはメガネをはずして振り返った。

「一つ目の花火は騎士の招集。二つ目の花火は冒険者の招集。そして三つ目の花火は王都に住む、全ての戦える者への招集となる。青い花火はローグ門への集合という意味だな。我らは行くが……小娘はどうする？」

全ての戦える者……。

そんなの決まってる！

「私も行きます！」

「あれは災厄に等しい。覚悟はあるか？」

カリンさんがじっと私を見つめる。

これはゲームの中じゃなくて現実だ。

怪我《けが》をするとか、もしかしたら死んでしまう可能性だってある。

でも……。

でも、それでも私は、この世界でたくさんの素敵《すてき》な人と出会って、この世界を好きになって。

だから、王都の人たちを助けられるのなら助けたい。

それにカリンさんやヴィルナさんやアルにーさまにアマンダさんとフランクさんも戦うのなら、私だけ待ってるなんてことできない！

「私たちは、パーティーです。だから一緒に行きます。……カリンさん、パーティーを組んでください。ヴィルナさん、パーティーを組んでください」

私の差しだした両手を、カリンさんとヴィルナさんがしっかりと握る。

《パーティーを確認しました。ミッションウィンドウ、オープンします》

半透明のウィンドウが目の前に現れる。

よし、行こう！

「まずは王都の中心の鐘塔《しょうとう》へ行って、そこでエリア・プロテクト・シールドとエリア・マジック・シールドをかけます」

「王都全体にかけられるか？」

「分からないですけど……。一度そこでかけて、もう一度ローグ門でかけようかと思ってます」

「ふむ」

そこへ、馬車の車輪の音と複数の蹄《ひづめ》の音が聞こえてくる。

馬車の御者台《ぎょしゃだい》に座っているのはエンジュさんだ。

そうだよね、あんなに強いんだもん。エンジュさんもローグ門へ行くんだよね。

他にもオーウェン家の騎士たちが騎乗《きじょう》して門へ向かう。

「お待たせいたしました。馬車へどうぞ」

エンジュさんが開けてくれた扉から、急いで馬車の中へ入る。

門までの道のりは、凄く遠く感じた。

馬車の窓から外を見ると、冒険者たちが一斉にローグ門を目指して走っているのが見える。

馬に乗った何人かの騎士たちは、私たちが乗る馬車をすぐに追い越していった。

「ユーリお嬢様。鐘塔へ到着しました」

「ありがとう、エンジュさん。少し止まってください」

私は一度呼吸を落ちつけてから、ゲッコーの杖《つえ》を取り出した。

「王都にいる全ての人たちを対象に、エリア・プロテクト・シールド！」

でも、魔法は発動しなかった。

やっぱり範囲が大きすぎたみたい。

もう一回。今度は範囲を狭くしてみよう。

「私を中心に最大の範囲でエリア・プロテクト・シールド！」

《エリア・プロテクト・シールド、発動しました。範囲内の全員に物理防御。成功しました。カウントダウン開始します。残り時間三十分。二十九分五十九秒、五十八、五十七……》

くるくると回る小さな赤い盾《たて》が、私たちの前に現れる。

よし！　発動した。

次はマジック・シールドだ。

「私を中心に最大の範囲でエリア・マジック・シールド！」

《エリア・マジック・シールド、発動しました。範囲内の全員に魔法防御。成功しました。カ

ウントダウン開始します。残り時間三十分。二十九分五十九秒、五十八、五十七……》

こっちも成功！

ごそっと魔力が減った気がするけどまだ大丈夫。

「エンジュさん、次はローグ門へお願いします！」

「承知いたしました」

これで、王都の人たちの防御が上がるから少しは安心だよね。

馬車はすぐにローグ門へ到着した。

そこには既にたくさんの騎士や冒険者たちがいて、中には古びた盾と剣を装備している明らかに戦うのに慣れていない人たちの姿もあった。

混雑している門を潜り抜けると、空に大きな鳥の姿がある。

それは体中が火に包まれていて、羽からは火の粉がパラパラと羽根のように落ちていた。

「もしかして……朱雀《すざく》？」

炎の鳥といえば四神獣《ししんじゅう》の一つである朱雀しかない。

でも、こんなに禍々しいものが、本当に朱雀なの？

よく見れば、火の鳥からは火の粉だけではなくて、熱でどろりと溶けだしたようなものも滴り落ちている。

何となく、不完全なまま外に出てきてしまったような、そんな感じがする。

「なんだ、あれは……」

「あんなの見たことがないぞ」

「倒せるのか？」

ざわざわと不安そうな人々は、門の前でそれ以上進めずに立ち往生していた。

「ユーリ！」

「ユーリちゃん！」

そこへ人をかき分けるようにして、アルにーさまとアマンダさんが、騎士たちを従えてやってきた。

「パーティーを組みます！　一瞬でいいから手を握ってください！」

私が伸ばした手をしっかりとつかむ二人を順番にパーティーへ加入させる。

それからすうっと息を吸って、一気に詠唱《えいしょう》する。

「ローグ門に集まっている討伐隊全員にエリア・プロテクト・シールド！　ローグ門に集まっている討伐隊全員にエリア・マジック・シールド！」

これはフィールドボスを倒すレイドボス戦だと思えばいい。

私たちは討伐者で、火の鳥が敵。

その認識でエリア魔法をかければ――。

「成功しました！」

ここにいる全員に小さな赤い盾と青い盾がついているのが見える。

ノアールとプルンにも防御魔法が効《き》いていて、ノアールがくるくる回る小さな盾を追いかけたくて仕方がなさそうなのが分かる。

「な、なんだ、こりゃあ」

「これは魔の氾濫の時に見た防御魔法だ」

「防御魔法だって？　一体誰が——」

ざわめく人々に、アルにーさまが声を張り上げる。

「我々はイゼル砦《とりで》の騎士だ！　今の魔法は物理防御と魔法防御だが、自分自身でプロテクトをかけられる者は重ねがけできるからかけておくように！」

「イゼル砦の……。じゃあ英雄レオンハルト様もいらっしゃるのか⁉」

誰かの、まるで期待するかのような声に、アルにーさまは水色の瞳を和《やわ》らげて頷《うなず》く。

「すぐにいらっしゃるから、それまでがんばろう」

「お……おお。英雄殿下が来るんなら安心だ」

「そうだな。やってやろう」

レオンさんが来るって分かった途端に、みんなの目にやる気が戻る。

凄い。レオンさんの名前だけで、こんなに士気が上がるんだね。

さすがレオンさん。

「にゃあう」

ノアールが大きくなったほうがいい？　と聞いてきた……ような気がする。

どうしよう。

でもここで大きくなったらパニックになっちゃいそうだよ。

「今はまだ小さいままがいいかも。危なくなったら大きくなってくれる？」

小さな声で聞いてみると、ノアールは了解というように「にゃあ」と鳴いた。

私は、ゆっくりと空を飛んでくる火の鳥を見上げる。

そこへ後ろから現れたのは、立派な鎧《よろい》に身を包んだ人だ。その隣には虎の絵が描いてある黄色い旗を持っている人がいる。

「猛虎騎士団《もうこきしだん》だ」

「双鷲《そうしゅう》騎士団と牙狼《がろう》騎士団もいるぞ」

双頭の鷲《わし》の絵が描いてある赤い旗と狼《おおかみ》の絵が描いてある青い旗もはためいている。

それから黒ずくめの鎧をつけた騎士たちの一団《いちだん》も。

「弓兵隊、前へ！　魔術師隊も前へ！　タイミングを合わせて一斉掃射《いっせいそうしゃ》するぞ！」

「はっ！」

魔術師たちが詠唱を始める。

私も一緒に魔法を放ちたいけど、タイミングがつかめない。

「放て！」

弓兵たちの矢が、魔術師たちの魔法が、火の鳥へと襲い掛かる。

魔術師たちは火属性以外の魔法で攻撃していた。雷、水、風、土の魔法が、火の鳥へ向かう。

一瞬、放たれた魔法の光で火の鳥の姿が見えなくなった。

「やったか？」

「いや、まだだ……！」

火の鳥に刺さった矢は、刺さったところから炎に焼かれ、燃えつきて落ちた。

魔法の攻撃もあまり効き目がなかったのだろう。

火の鳥は、変わらない速度で王都へと向かってきている。

「効いてないぞ。第二弾、発射！」

よく見ると、魔術師の中にセリーナさんがいる。

そういえば、王都に来てるってゲオルグさんが言ってたっけ。

あのセリーナさんの魔法も効いてないってこと……？

「ダメだ、効かない！」

「どうするんだ、このまま王都へ突っ込んでくるぞ」

「落とさないと、これ以上の攻撃は無理だ」

その時、火の鳥が羽を大きく広げた。

「攻撃してくるぞ！」

放たれた炎の羽根が、一斉に襲ってくる。

「ユーリちゃん危ない！」

アルにーさまとアマンダさんが、降り注ぐ羽根を剣で払う。

そのおかげで怪我はしなかった。

「ありがとうございます」

ヴィルナさんも無事だし、カリンさんはエンジュさんに守られていた。

「まったく。カリンは戦いが得意ではないのですから屋敷で待っていれば良かったでしょうに」

エンジュさんの言葉に、カリンさんは肩を落とす。

「だが一人だけ安全な場所にいるというのもな……」

「ずいぶん、丸くなりましたね」

「知らぬわっ」

プイと横を向くカリンさんが険しい顔になる。

「全体攻撃か。厄介だな」

確かに、避けられずに羽根に貫かれた人たちのほうが多い。

急いでみんなを回復しなくちゃ。

「討伐者たちにエリア・ヒール！」

《エリア・ヒール。発動しました。……回復しました》

ごっそりと魔力が減った感覚に、急いでMPポーションを飲む。

さすがにエリア魔法の連発はきつい。

そこへ、アルにーさまの声がかかった。

「ユーリ！　玄武と戦った時の攻撃だ！」

そう叫ぶと、アルにーさまは右手を高く上げてリヴァイアサンを召喚《しょうかん》した。

玄武と戦った時に、アルにーさまと協力して発動した魔法は二つ。

あれが火の属性だとしたら、一番効果があるのは——。

「コール召喚《サモン》・リヴァイアサン！」

《リヴァイアサン、召喚》

アルにーさまの右手から光がほとばしり、リヴァイアサンが現れる。

「なんだあれは⁉　新手の敵か？」

ざわめく人々を無視して、アルにーさまは火の鳥だけを睨《にら》む。

私もタイミングを合わせるために、ゲッコーの杖を構える。

「火の鳥に大海嘯《だいかいしょう》！」

《召喚獣リヴァイアサン、大海嘯で攻撃》

アルにーさまが剣を振りかぶると、大きな波が火の鳥を襲った。

今だ！

「火の鳥にフローズン・ストリーム、いっけぇぇぇぇぇ!!」

《スキル・フローズン・ストリーム、発動しました。対象・火の鳥》

《大海嘯とフローズン・ストリームのハイブリッド攻撃確認。凍《い》てつく世界の発動》

リヴァイアサンの起こす波が、火の鳥を覆いつくす。

そこへゲッコーの杖の先から伸びた氷柱《ひょうちゅう》が、波ごと火の鳥を凍《こお》らせた。

火の鳥の羽ばたきが止まり、ゆっくりとその体が傾《かし》ぐ。

ボタリ、ボタリ、と滴り落ちていた炎も、凍ったまま地に落ちて砕けた。

だけど、体中を覆っていた氷は内側からの熱に溶けて、シュウウと音を立てて蒸発してしまう。

「ダメです、効いてません！」

「もうすぐレオンハルト様がこちらにいらっしゃるという連絡を受けているわ。それまで持ちこたえるのです！」

そこに駆けつけてきたのはセリーナさんだった。

「だったら待ったほうがいいな」

「それなら安心だ」

「ああ。きっとあの化け物を倒してくれる」

「そうだな。そうしよう」

騎士団の人たちは何も言わずにアルにーさまの判断を待っているようだったけど、周りの人たちはレオンさんが来るということで色めき立っている。

でも、待ってるうちに火の鳥が王都に到着しちゃいそうだよ？

そう思っていると、火の鳥が大きくくちばしを開ける。

そしてそこから火を噴いた。

「伏せろっ！」

一斉に伏せるけれど、火に焼かれてしまった人たちもいる。

セリーナさんも少し髪を焦がしてしまった。

「討伐隊にエリア・ヒール！」

急いでみんなにヒールする。

ほっ。

それほど重傷の人はいなかったみたい。

「王都がっ！」

叫ぶ声に振り返ると、火の鳥の炎が街を焼いている。

早く消火しないと！

使える水魔法は……これだっ。

「ハイドロ・シューター！」

《スキル・ハイドロ・シューター。発動しました》

何度か魔法を放つと、やっと火が消えた。

ほっとしたのも束《つか》の間《ま》。

火の鳥はまた火を噴いた。

その時聞こえてきたのは頼もしい仲間の声。

「待たせたな、嬢ちゃん」

「フランクさん！」

ニカッと笑って現れたのはフランクさんだ。

その頭の上ではピンク色の小さなうさぎ、ルアンがぴょんぴょん跳ねている。

「嬢ちゃん、パーティーだ！」

「はいっ、フランクさんっ。パーティーを組んでください」

私はフランクさんの大きな手を握る。握り返してくる、力強い手。

「エリー！　コール召喚・玄武。俺たちに力を貸しやがれ！」

フランクさんは拳に装備したナックルを振り上げる。

《玄武、召喚》

「金剛不壊《こんごうふえ》！」

《召喚獣玄武、金剛不壊、発動しました。残り時間一分。五十九秒、五十八秒……》

フランクさんが叫ぶと、私たちの前に大きな亀の神獣、玄武が現れ、巨大な盾が出現した。

そして火の鳥の吐いた炎を全てガードする。

討伐隊から歓声が上がる。

「でもいつまでもこのままじゃラチがあかねぇぞ。さっさと倒しちまおうぜ」

「攻撃が効かないんだ」

「ああ？　なんか弱点はねぇのかよ」

アルにーさまの言葉に、フランクさんは眉をひそめる。

「あれば、とっくに倒してるよ」

そうだよね。アルにーさまの言う通り。

どうやったら倒せるんだろう……。

「あれは急所を狙わないと倒せないんだ」

急にかけられた声に驚いて振り向くと、そこには緑色の肌のドワーフさんがいた。冒険者の人かと思ったけど、この人、どこかで見たことがあるような……。

「クルム殿、あれが何か知っているのか？」

アルにーさまの問いかけで思い出す。

そうだ。クルムさんだ。確かレーニエ伯爵《はくしゃく》の右腕じゃなかったっけ。でも、なんだか服がボロボロだ。前に見た時はもっと綺麗《きれい》な服を着てたはず。

「あれは朱雀だ」

ええっ。

やっぱりあれが朱雀なの⁉

でも、あんなに禍々しいよ？

「あれが神獣？　嘘でしょう？」

アマンダさんの言葉に私も大きく頷く。

だってリヴァイアサンも玄武も、敵として対峙はしたけど、何ていうか神々《こうごう》しい感じがしたもの。

だけど、あれは……。

「神獣であるはずなのだ。なのに、なぜ……」

髪をかきむしるクルムさんは、以前の学者さんっぽい雰囲気はなくて、なんだか何かに追い詰められているように見える。

「クルム、その急所を狙わないと倒せないっていうのは、どういうこった。お前にはその急所とやらが分かるのか？」

　フランクさんの問いにも答えず、クルムさんは小さな声でぶつぶつ呟いている。

「おいクルム、しっかりしろ！」

第二章 朱雀

寄せ集めの討伐隊は、連続して攻撃をしている。

その間に、玄武《げんぶ》の盾《たて》は時間切れで消えてしまった。

火の鳥……クルムさんは朱雀《すざく》だっていうけど……は次々と炎に包まれた鋭い羽根を飛ばしてくる。

それを、アルにーさまたちが斬り捨てる。

うつむいてしまったクルムさんの下へも炎の羽根が迫るけど、ヴィルナさんが防いでいる。

「……急所が目まぐるしく変わる。そこを狙い撃ちにしないと倒せない」

フランクさんの叱責《しっせき》に近い声に、クルムさんはのろのろと顔を上げた。

「お前の鑑定眼《かんていがん》で分かるのか？」

「……ああ。だが全員でそこを狙うのは難しいだろう。すぐに急所が変わってしまうんだ」

確かに、クルムさんがここを狙えって指示しても、すぐには攻撃できそうにない。

あっ。そうだ。

あれを使えば……。

The Small Sage Will Try Her Best In The Different World From Lv.1!

この状態って、めちゃくちゃ強いボスをたくさんのパーティーで倒すレイド戦なんじゃないかな、パーティー以外の人と協力して倒す時はレイド戦の時だけに有効なモードを使えるの。本当なら邪神《じゃしん》と戦ってる時も使えるはずだったけど、あの時はエリーと繋がってなかったからダメだった。でも今はちゃんとコネクトできてるから、レイド仕様の戦いができるはず。

私はすぐにクルムさんの手を取った。

もしクルムさんに朱雀の急所が見えているのなら、うまくいけば、エリーがダメージを教えてくれるはず。

「クルムさん、パーティーを組んでください」

レイド戦では六人以上でパーティーを組める。

だから。

「なにを――」

「はいって言ってください！」

「あ、ああ……」

ちゃんとOKしてないけど、ウィンドウにクルムさんの名前が出たから大丈夫！

パーティーが組めてる！

「な……なんだ、これは……」

クルムさんは目の前に現れたミッションウィンドウを見て驚いている。

でも驚くのは後でお願いします！

「エリー。クルムさんを司令官にして、全てを見る目《プロビデンスモード》でお願い！」

《対象を攻撃する複数のパーティーを確認しました。レイド戦の開始により、これよりクルムを司令官にしてプロビデンスモードへ移行します》

ミッションウィンドウの隣に、もう一つ青みがかったウィンドウが現れる。

これはレイド戦の時にだけ現れるウィンドウで、一緒にレイド戦を戦う全員が同じウィンドウを見ることができるようになっている。

ゲームの時は司令官と呼ばれるリーダーが指示を出すんだけど、その司令官の視点をレイド戦に参加した全員で見ることができる。

つまり、討伐に参加している全員が鑑定眼を持つクルムさんの視界を共有するってわけ。

これなら、朱雀の急所を攻撃することができるはず。

「うわっ。なんだこれは」

「えっ。朱雀？　ユーリちゃん何したの？」

「小娘、これは何だ！」

「色違いのウィンドウ……？」

アルにーさまたちが、プロビデンスウィンドウを見てびっくりしている。

フランクさんだけは「まあ嬢ちゃんだしな」と遠い目をした。

「な、なんだっ」

「これは何っ」

討伐に参加している騎士や冒険者たちも、目の前に現れたウィンドウを見て驚いている。

うん。みんなちゃんと見えてるみたい。成功だね！

青いウィンドウには、クルムさんが見る朱雀の姿が映っている。

どろりとしたマグマのような塊《かたまり》を落としながら進む朱雀の体の中心に、眩《まぶ》しく光る輝きがある。

それは一定の時間で、頭からお腹、そして尾の付け根へと移動する。

きっとあれが朱雀の急所だ。

あれを狙えば！

「アルにーさま！」

「うん。もう一度、一緒に攻撃しよう」

「大海嘯《だいかいしょう》は使えるようになってますか？」

「あと少しだ」

朱雀の急所は、一定の間隔で移動している。
一、二、三、四、五、六、七。
約七秒で次の場所へ移る。

一応そこにも矢とか魔法が当たっているけど、あまりダメージを受けている様子はない。

「クルムさん、もしかして急所を一撃にしないと倒せないんですか？」

「どうだろう。私の鑑定眼でもそれは……。いや、この石板《タブレット》に表示されているこれは……！」

息を飲んで目の前のウィンドウを見るクルムさんは、目まぐるしく視線を動かす。

「……分かった。君の言う通り、急所に致命的なダメージを与えれば倒せるようだ」

「やっぱり……」

ということは……。

みんなでうまくタイミングを合わせて攻撃するしかない！

「僕はイゼル砦副砦主《とりでふくさいしゅ》、アルゴ・オーウェンだ！　緊急事態につき、指揮権を頂きたい」

アルにーさまは、各騎士団《かくきしだん》の団長さんらしき人たちの顔を見回して声を張り上げた。

「この奇妙な青い絵はなんだ？　オーウェン卿《きょう》の魔法か？」

猛虎《もうこ》騎士団のひときわ体の大きい団長さんらしき人が、大剣で羽根を薙《な》ぎ払《はら》いながら聞いた。

「いや。異国の賢者《けんじゃ》による魔法だ」

「そんなものがあるのか……。それで、あの化け物を倒す方法を知っているのか！」

「知っている」

アルにーさまが断言すると、猛虎騎士団の団長さんは「良かろう。イゼル騎士団に指揮権を一時的に委譲《いじょう》する」と叫んだ。

「双鷲《そうしゅう》騎士団、承知した」

「牙狼《がろう》騎士団も同じく」

黒ずくめの騎士さんたちは黒影《こくえい》騎士団の人たちだと思うんだけど、彼らは無言で頷《うなず》いている。

アルにーさまは剣を掲《かか》げて叫んだ。

「諸君が見ているのは特別な魔法で、あそこにいる魔物を映している。光っている場所が急所だ。全員で、同時に急所を狙え！　二分二十秒後に頭が光ったら、そこを狙って総攻撃せよ！」

アルにーさまが声を張り上げて「二分十五秒、二分十秒」とカウントダウンしていく。

すると朱雀の攻撃をかわしながら、討伐隊がそれに合わせて攻撃準備をした。

これで一斉攻撃すれば、倒せるはず！

「残り三十秒」

アルにーさまがカウントしたその時――。

「空を駆け抜ける大いなる風よ、鋭い矢となり、目の前の敵を刻みたまえ。ウィンド・アロー！」

えっ。ちょっと待って。誰が攻撃しちゃったの？

まだタイミングが早すぎる。

先走った魔術師の魔法につられて、何人もが先に攻撃してしまう。

しかも急所は頭じゃないからダメージになってない。

「行けっ！　朱雀に大海嘯！」

「朱雀の頭にフローズン・ストリーム！」

《スキル・フローズン・ストリーム、発動しました。対象・朱雀》
《大海嘯とフローズン・ストリームのハイブリッド攻撃確認。凍《い》てつく世界の発動》

朱雀の頭と指定したからか、いつもよりも細く尖《とが》った氷の槍が一直線に向かっていく。

それは狙いたがわず、アルにーさまの大海嘯で再び全身を凍《こお》らせた朱雀の頭を貫いた。

氷の楔《くさび》を目印に、一斉に弓矢と魔法が降り注ぐ。

そして凍った朱雀の体に細かいひび割れができ、細かく砕け、小さな氷の粒になって飛び散った。

それはまるで、温暖なアレス王国には降らない雪のようにも見える。


《命中。ダメージ率１００。朱雀、消滅《しょうめつ》しました》

やった！　倒した！

思ったよりも苦戦しなくて良かった！

私がぴょんぴょん跳《は》ねて喜んでいる隣で、クルムさんがぶつぶつと呟《つぶや》いている。

「この声はなんだ……？　そしてこの透けている不思議な石板は……。これは……これこそが、全ての願いをかなえるという『天命の石板』なのか……？　喋《しゃべ》るということは、もしや意思を持って自らの主人を選ぶ……？　私とレーニエ伯爵《はくしやく》が追い求めた『天命の石板』は、既にもう他のものを自らの主として選んでいたというのか……？」

「クルムさん、どうかしたんですか？」

他の人たちが歓喜に沸《わ》いている中、クルムさんの様子は明らかにおかしかった。

あまりにも顔色が悪くて心配だったから、私は思わず声をかける。

「そうか！　君のそのチョーカーがアーティファクトだったんだな⁉　それを、それを私に譲ってくれ！」

クルムさんの手が私の喉元に伸びる。

「みぎゃぁっ！」

その手を、飛びかかってきたノアールが思いっきり引っかいた。

「うわぁっ」

引っかかれた手を反対の手で押さえたクルムさんが、声を上げてうずくまる。かなり深い傷を負ったらしく、押さえた手からはぽたりぽたりと血が滴る。

朱雀を倒した喜びの声の中、アルにーさまたちがそれに気がついてくれた。

「ユーリ、どうしたんだい？」

「あの、クルムさんがいきなりチョーカーを取ろうとして、それで、ノアールが引っかいちゃって……」

「ノアールが？」

「はい……」

どうしよう。いきなりチョーカーを取ろうとするクルムさんが悪いとはいえ、こんなに血が出ちゃってるから、ノアールの責任になっちゃわないかな。

とりあえず、回復しとかなくっちゃ。

「クルムさんにヒール」

《対象者・クルムにヒールを飛ばします。……回復しました》

触るのはちょっと嫌だったから、すぐ側にいるけどヒールを飛ばす。

するとしゃがんでいたクルムさんが目を丸くして私を見上げた。

「触れずに、回復できるのか？」

「はい」

私の周りではできる人ばっかりになってたから忘れちゃってたけど、そういえばヒールって飛ばせないいんだっけ。

「オーウェン卿の魔法といい、一体どこでそのような……」

異世界です、とも、ゲームの中です、とも言えずに困ってしまう。

思わず目を逸らすと、小山のように降り積もった朱雀の残骸《ざんがい》から何か赤いものがふわりと浮き上がるのが見えた。

もしかして……再生する⁉

そうだよね。四神獣《ししんじゅう》の一柱である朱雀がこんなにあっさりと倒されるはずがないもんね。

身構える私たちの前に、一枚の羽根が赤く光を放ちながら浮かんでいる。

その羽根のある場所から、赤い色がにじんだ。

水差しに赤いインクを落とした時のようにじわりとにじむ赤い色は、どんどん大きくなっていく。

そしてそこから倒した朱雀よりももっと大きく、神々《こうごう》しく荘厳《そうごん》な気配をまとった赤い鳥が現れた。

これはまた、玄武の時みたいに復活するの⁉

――だとしたら、これは……。

「我の羽根を媒介《ばいかい》として、かようなものを作っておったか」

復活した朱雀は、ふわふわと浮かんでいた羽根を、大きく口を開けて飲みこんだ。

えっ？　作った？

どういう意味？

「たかが羽根一枚といえど、現世《うつしよ》には過ぎたものとなろう。……ん？　この魔力は……」

朱雀の金の瞳が、ぐるりと辺りを睥睨《へいげい》する。

「ほう。青龍《せいりゅう》と玄武の加護を得たか。そしてこれは……」

アルにーさまを見た朱雀は、次にフランクさんへ目を留め、それから私に視線を移した。

「なるほど。混ざり者がまがいものを倒したか。これは愉快《ゆかい》じゃのう」

呵々《かか》と笑う朱雀は、ゆったりと翼を羽ばたかせている。

「しかし、随分馴染《なじ》んできたようだ。理《ことわり》を超えるか。それもまた良し」

朱雀はゆっくりと私たちのほうへと飛んできた。

アルにーさまが後ろ手で合図をすると、騎士団の指示で討伐隊の人たちがそろそろとローグ門のほうへと下がる。

朱雀が羽ばたくたびに火の粉のようなものが落ちてくるけど、さっきの朱雀のものとは違い、全然熱くない。

むしろ体に当たると、すうっと消えていく。

「理を超えるには力が必要であろう。そのためには試練を与えねばならぬが……」

朱雀は上空をゆっくりと一周すると、飲みこんだはずの羽根を落とす。

ふわりふわりと落ちてくる羽根は、アマンダさんの手の平の上に落ちた。

「さきほどのまがいものを倒したのが試練としよう。それを受け取るがよい」

「私っ⁉」

驚くアマンダさんに、朱雀は頷く。

「さよう。我の力を受け取れるのはそなたしかおらぬのでな。火に愛されし者よ。精霊界より我を召喚《しょうかん》せよ。我の名は、朱雀」

《召喚スキル・朱雀を獲得しました》

「えっ。どうなってるの？　手の平に紋章⁉」

慌《あわ》てふためくアマンダさんを見て目を細めた朱雀は、次に私を見た。

「そしてそなたにはこれを」

そう言って、くちばしで足の爪の先を少しだけ折った。

空から落ちた爪は、地面に刺さるとコロンと丸い形に姿を変える。

……宝珠《ほうじゅ》だ。

するとゲッコーの杖《つえ》から前にも見たヤモリが現れ、玄武の時と同じように、朱雀の宝珠をパクッと食べてしまった。

「我ら四神獣のうち、残るは白虎《びゃっこ》のみのようじゃが、あやつはすぐに放浪《ほうろう》するゆえ、それを使うがよい。そなたたちの行く先を、指し示すであろう」

宝珠を食べたヤモリは、再び杖の中へと戻る。

凄《すご》い。

これで白虎の位置が分かるようになった！

「朱雀さん、ありがとうございます！」

私が大きな声でお礼を言うと、アマンダさんもやっと我に返ったのか、頭を下げてお礼の言葉を口にしている。

「ここは魔素《まそ》が薄いゆえ、あまり長居はできぬ。そろそろ――」

「お待ちください！　あなたが伝説の朱雀だとおっしゃるのですか？」

朱雀の言葉を遮るように、クルムさんが呼び止める。

翼を広げて飛び立とうとしていた朱雀は、思いとどまったように視線を下げてクルムさんを見下ろす。

「いかにも」

「では……では、あれは朱雀ではないのですか⁉」

震える緑色の指が差すのは、粉々に砕けた火の鳥の残骸だ。

大地に落ちた氷の欠片《かけら》が、本物の朱雀の炎を反射して赤く輝いている。

「あれは我の羽根を媒介《ばいかい》にした遺物《いぶつ》に過ぎぬ。ただびとには扱えぬゆえ、封印されておったのだろう。放っておいても崩壊したが……朽《く》ちるまでの間に、国の一つや二つ、滅ぼしていたかもしれぬな」

朱雀の羽根で作った兵器みたいなものだったのかな。

教会に伝わる創世記《そうせいき》の時の戦いで使われていたのかも……。

「ただびとには……使えないのですか……？」

「動かすには膨大な魔力が必要じゃ。そこにおる子供くらいしか扱えまい。魔石《ませき》で代用したようだが、あんなものでは足りぬな」

そこにいる子供って私のことかな。

いやでも、あんなドロドロした気持ちの悪い鳥を動かすのは嫌です。

って、ちょっと待って。

魔石って、もしかして——。

「それって、神殿から盗まれた魔石？」

ぎょっとしてクルムさんを見ると、拳を握ったまま俯いている。

「そうだ……。天命の石板の行方を朱雀が示すと書いてある書物を見つけて……。それで私は、あれが朱雀だと……」

「なんてこったい。お前が神殿の魔石を盗んだのか」

フランクさんが厳しい声でクルムさんを見下ろす。

「朱雀を復活させるためには仕方がなかったんだ！」

そう叫んで顔を上げたクルムさんは、じっと見つめる朱雀と目が合って、唇をかみしめた。

「才能に恵まれた君たちには分からないんだ……。いくら努力しても報《むく》われない、持たざる者である私たちの気持ちなど、分からないんだ……」

そう慟哭《どうこく》するクルムさんの目が、ふと私の顔に止まる。

ううん。じっと見ているのは、顔じゃなくて髪だ。

「その、髪飾りは……」

急に何を言い出すの？

私は思わず髪に手を当てる。

そこには青い蝶《ちょう》の髪飾りがある。

別にこれはアーティファクトなんかじゃないですからね！

「アルにーさまに買ってもらった宝物です。それがどうかしたんですか？」

「宝……物……だと？」

なんでそんなこと聞くんだろう。気に入ったからに決まってるじゃない。

私がそう言うと、クルムさんは突然顔を覆って泣き出した。

何がどうなってるのー⁉

おろおろしていると、クルムさんの両手の間から、うめくような声が聞こえた。

「……私だ」

「え？」

「それは……私が作ったものだ」

「ええっ⁉」

そんな偶然があるの？

びっくりして目を見張っていると、両手を下ろしたクルムさんは泣き笑いのような顔をしていた。

「たとえ人々から賞賛《しょうさん》されなくとも。たとえ多くの人に見向きもされなくても。……たった一人でいい。その心に響いてくれれば……こんなにも、嬉しいものなんだな」

クルムさんは流れる涙をぬぐうこともせず、懺悔《ざんげ》するように言葉を続ける。

「私は……誰からも認められる才能が欲しかった。全ての願いを叶える『天命の石板』さえあれば、それが叶うと思っていた。ちっぽけな才能しか私に与えてくれなかった神を超えてみせると……。そう、思っていた。だが……」

震える指が、私の髪にとまっている青い蝶に触れる。

「私のちっぽけな才能でも、こうして人の心に届くのだな……」

この髪飾りは、市場に行った時にアルにーさまに買ってもらったものだ。カジノで遊びすぎてお金がなくなった商人が借金のカタに置いていったもので、それほど高価なものじゃなかった。

表通りの高級店にあるようなきらびやかな商品じゃなかったけど。

それでも私は、アルにーさまからもらった指輪と同じ色の髪飾りを、一目で気に入ったの。だから……。

「ずっと大切にするって約束します。私の、宝物ですから」

私の言葉に、クルムさんは号泣した。

「すまない。私が間違っていた……。すまない……」

泣き続けるクルムさんの両腕を、アルにーさまとアマンダさんがしっかりとつかむ。

中央神殿の魔石を盗んだ件で、騎士団へ連行されて取り調べを受けるんだろう。

「人の営みは、時がたっても変わらぬな。愚かで、優しく、愛おしい。……さて、ずいぶん長居をしてしまったな。人の子よ、さらばだ。また会おう」

高く長く響く、まるで歌のような鳴き声を上げた朱雀は、羽を大きく広げて空高く飛び、青い空に吸いこまれるように消えていった。

朱雀のもたらしていた神々しい圧が消えて、ほっと息をつく。

「君たちは、もしかして迷宮で鍵《かぎ》を集めているのではないか？」

クルムさん、なんで分かったの？

もしかして鑑定眼で……。

「そのチョーカーについているものと同じようなものを私も持っているのだが……。必要だろうか」

その言葉を聞いて、私は思わずアルにーさまと顔を見合わせる。

「本当ですか？　ぜひ見せてください」

クルムさんは腰に下げた収納袋から鍵を二本取り出した。

そして大切そうに撫《な》でてから、私に差し出してくれる。

「炎の迷宮と風の迷宮で手に入れたものだ。もし君たちが必要とするなら、もらって欲しい」

炎の迷宮と風の迷宮の鍵だ！

これがあれば、賢者《けんじゃ》の塔《とう》への鍵が揃《そろ》う！

「いいんですか？」

「ああ。もう私には……必要のないものだからな」

モノクルの奥の目が、優しく細められる。

「ありがとうございます。頂きます」
鍵を受け取った私は、嬉しくてクルムさんに抱きついた。
やったー！
これで鍵が揃ったよ！
それからアマンダさんにお願いして、チョーカーにはめてもらう。
カチリという音と共に鍵がはまると同時に、ピロロンとクエスト発生の音が鳴る。

▽クエストが発生しました。
▽賢者の塔の鍵が揃った。賢者の塔へ行こう。
▽クエストクリア報酬《ほうしゅう》・・・賢者の塔の内部へ入れる。
　クエスト失敗・・・魔の氾濫《はんらん》によるエリュシアの崩壊。

▽このクエストを受注しますか？
　　▽　　　▽
　はい　　いいえ

ええっ。
魔の氾濫ってどういうこと？

だって、ついこの間、終わったばっかりで……。

第三章 魔物の襲来

The Small Sage Will Try Her Best In The Different World From Lv.1!

「おい見ろっ。ワーウルフの群《む》れだっ」

誰かの声に門から続く道の向こうを見ると、確かに灰色の狼《おおかみ》たちが王都へ向かってきている。

「なんだと！」

「なんで王都の近くに魔物の大群が……」

「これじゃあまるで魔の氾濫《はんらん》じゃないか！」

門の奥に退避《たいひ》していた人々の声を聞いたアルにーさまは、目をすがめて魔物の群れを見る。

「確かに、こんな風に魔物が王都の近くまで押し寄せてくるのはおかしい。これではまるで、本当に魔の氾濫が起こったかのようだ」

「馬鹿言わないで、アルゴ。魔の氾濫は終わったばかりじゃない。次は十年後のはずよ。……八年後になるのかもしれないけど、それでもずっと先の話だわ」

信じられないというようにアマンダさんの赤い瞳が揺れる。

「……ともかく、王都の結界が消えている以上、ワーウルフの群れはここで倒さないと」

「そうね。原因究明は後回しだわ」

アルにーさまとアマンダさんは、拘束《こうそく》していたクルムさんを黒い鎧《よろい》の騎士さんに預けると、剣を構えた。

「騎士団《きしだん》に所属する者はここでワーウルフを食い止めるぞ！　その他の者たちは、門を閉めて王都の中で待機すること！」

指揮権はいまだにアルにーさまが持っているのか、声を張り上げて指示をする。

討伐隊はそれに従って動き出した。

アルにーさまは「ユーリも門の中へ避難《ひなん》するんだよ。エンジュに任せる」と言って、騎士団の人たちのほうへ行ってしまう。

「さあ、行きましょう。ユーリお嬢様」

私はエンジュさんに手を引かれて、王都の中へと避難させられそうになった。

「待ってください、私も戦います！」

「王都を守るのは騎士たちの仕事です。ユーリお嬢様のように幼い子供に戦わせるわけにはいきません」

エンジュさんは駄々をこねる子供に言い聞かせるように、私の手を引っ張る。

でも、私は戻らないぞと両足をふんばって歩くのを拒否した。

「私には戦う力も回復する力もあります！　だからアルにーさまたちと一緒に戦います！」

「しかし……」

ためらうエンジュさんの肩を、ヴィルナさんが軽く叩《たた》く。

「私も残ろう。後ろで待っているのは性《しょう》に合わん」

「にゃ〜お！」

ノアールも一緒に戦ってくれるって。

ありがとう、ノアール。

エンジュさんは私たちの顔を見て「仕方がありませんね」とため息をついた。

「では私はカリンと共に王都の人々を守りましょう。ユーリお嬢様、くれぐれもご無理はなさいませんように」

「はい」

「小娘、無理はするなよ」

「はいっ」

心配そうなカリンさんに返事をして、私は迫ってくるワーウルフを見据《みす》える。

それから、表示されたままだったクエストを受注して、エリア・プロテクト・シールドをかけ直す。

大丈夫。

今までだって、ずっと戦ってきたんだもの。

エリア・プロテクト・シールドとエリア・マジック・シールドをかけ直したことで、私がここに残ったのに気がついたアルにーさまが、驚いたように振り返る。

でも、もう門も閉まっちゃってるし、一緒に戦いますからね！

そう言葉にしなくても伝わったのか、アルにーさまは気をつけるんだよと言うように、親指を立てた。

私も同じように、親指を立てて返す。

アルにーさまの水色の目が、少しだけ優しい色になった気がした。

「にゃ〜う！」

ノアールも体中の毛を逆立《さかだ》てて、耳を伏《ふ》せている。しっぽも背中も弓なりになって、ひげは大きく広がっていて戦闘態勢になっている。

そのまま体を震わせると、子猫から大きなダークパンサーへと姿を変えた。

それを見た騎士の人たちからどよめきが上がるけど、さすが騎士というべきか、それ以上の混乱はない。

「プルンも一緒に戦ってくれるの？」

私が聞くと、いつものようにノアールの頭の上に陣取っているプルンは、ぷるるんと揺れた。

「うん。がんばろうね！」

走ってきたワーウルフは、待ち構えている私たちの近くまでくると、様子を見るように立ち止まった。

灰色の群れの中に、青いワーウルフは見当たらない。

良かった。変異種らしき個体はいないみたい。

「グルルゥ」

群れの中で一番体の大きなワーウルフが低く唸る。

ここは、何の魔法を使うべきだろう。

氷魔法で凍《こお》らせるか、それとも――。

「殲滅《せんめつ》せよ！」

アルにーさまの号令で、弓兵たちが次々に矢を射《い》る。

魔術師たちも、小さく詠唱していた魔法を完成させて攻撃している。

よし、私も――！

「ワーウルフにスパーク・ショット！」

《スキル・スパーク・ショット、発動しました。対象・ワーウルフ。……命中。ダメージ率100。ワーウルフ、消滅しました》

いつも思うけど、もっと全体に攻撃できる魔法が欲しい！

レベルが50になれば、全体魔法が使えるようになるはずなんだけど……。

さっき朱雀《すざく》の偽物《にせもの》を倒しただけじゃ、そんなにレベルが上がってないよね。

急いで自分のレベルを確認してみたけど、まだレベルは45だった。

それでも、1レベルは上がったんだね。

あと5レベル……。上がるかなぁ。

そんなのん気なことを考えていられたのは、最初のうちだけだった。

ワーウルフの群れを殲滅したと思ったら、次々に他の種類の魔物の群れが襲ってきたのだ。

ま……待って。

こんなにたくさんの魔物が襲ってくるなんて、どうなってるの⁉

「みんな、持ちこたえろ！」

アルにーさまが士気を鼓舞する。

確かにここを突破されたら、魔物たちが王都に流れこんでしまう。

何としても食い止めないと！

私は魔法を連発しながら、その時を待った。

「ステータス・オープン！」

何度目かの確認の末に、やっと……！

この世界にきてから、一番魔物を倒した気がするよぉ。

ユーリ・クジョウ・オーウェン。八歳。賢者Lv.50
HP　518
MP　626

所持スキル　魔法　１００
　　　　　　回復　１００
　　　　　　錬金《れんきん》　１００（＋）
　　　　　　従魔《じゅうま》　１００

称号

魔法を極めし者
回復を極めし者
錬金を極めし者
錬金マスター
異世界よりのはぐれ人
幸運を招く少女
幸運が宿《やど》りし少女
豹王《ひょうおう》の友
リヴァイアサンを倒せし者
玄武《げんぶ》を倒せし者
神に挑みし者
アレス王国の救世主

使用可能スキル
《雷属性》サンダー・アロー　サンダー・ランス　スパーク・ショット　裁《さば》きの雷
《風属性》ウィンド・アロー　ウィンド・ランス　エア・ブレード　破壊の竜巻《たつまき》
《火属性》ファイアー・ボール　ファイアー・クラッシュ　アフター・バーナー　紅蓮《ぐれん》の炎
《水属性》ウォーター・ボール　ウォーター・クラッシュ　ハイドロ・シューター　蒼《あお》き奔流《ほんりゅう》
《土属性》ロック・フォール　アース・クエイク　スクリュー・ランチャー　殲滅の隕石《いんせき》
《氷属性》ダイアモンド・ダスト　フローズン・ストリーム
《無属性》ステルス・サークル

やった！

レベルが50になったから、範囲攻撃魔法が使えるようになった！

「魔物の群れへ、裁きの雷！　いっけぇぇぇぇぇ！」

《アルティメットスキルの使用可能レベルへの到達を確認しました。これよりアルティメット

《スキルの使用が可能となります》
《スキル・裁きの雷、発動しました。……範囲内の魔物は消滅しました》

やった！

この勢いでどんどん倒す！

さすがに途中でMPが切れそうになったけど、私は手持ちのMPポーションをがぶがぶ飲みながら、攻撃と回復を繰り返していた。

切れ目のない攻撃にさすがに防御できなくて怪我《けが》をしそうになった時には、プルンが土の迷宮で地下に落ちた時のカリンさんのスライムのように巨大化して守ってくれた。

途中でエンジュさんが現れて、私がオーウェン家に置いていった武器やポーションを運んできたのにも気づかなかった。

エンジュさんとカリンさんは、騎士団の人たちにそれらを配っていたのだとか。

なんとか魔物たちを退けた時には、全員肩で息をしていて、立っているのがやっとの有様だった。

誰も死ななかったから良かったけど……疲れたぁ。

とりあえず魔物たちは一掃《いっそう》されたからということで、みんな王都の中へと下がって門を閉めた。

なんでいきなり魔物が大量発生したのか分からないけど、とりあえずこれで安心だよね。

「ユーリちゃん、怪我はしてない？」

まだ色々と指示を飛ばしているアルにーさまの代わりに、アマンダさんが私たちの様子を見にきてくれた。

「アマンダさんも大丈夫でしたか？」

「ええ。ユーリちゃんが魔法でどんどん倒してくれたから、私たちはそこから漏《も》れた魔物を倒すだけで良かったもの」

そう言うと、アマンダさんは私をぎゅっと抱きしめた。

「ユーリちゃんがいてくれて良かった……。あれほどの魔物が王都に侵入してきたら、大変なことになっていたわ。またユーリちゃんに頼ってしまってごめんね……」

そう言われて、イゼル砦《とりで》の騎士たちとダスク村に行った時のことを思い出す。

あの時も、私にできることは手伝いたいって志願したんだっけ。

「アマンダさんだっていつも私を助けてくれるじゃないですか。それに……」

それに私もエリュシアの人たちが大好きだから、と続けようと思ったら、アマンダさんがハッと私の後ろを見た。

「団長！」

慌《あわ》てて振り向くと、そこには白い鎧を着た人たちを従えたレオンさんがいた。

もっと早く来て欲しかったですよぉ。

「団長が近衛《このえ》騎士団と一緒なんて珍しいわね」

レオンさんに声をかけようとしたアマンダさんは、一緒にいる騎士たちの姿を見てためらった。

ほほー。白い鎧を着てる人たちは、近衛騎士団に所属してるんだ。確か王様直属の騎士団だよね。

つまり、今ここには全ての騎士団が集結してるってことかな。

「でも団長が来てくれたのなら、また魔物たちが襲ってきても安心だわ」

レオンさんは誰かを捜しているのか、辺りを見回して、そして視線を止めた。

そこにいたのはセリーナさんだ。

人形のように綺麗《きれい》な顔が、レオンさんを見つけて喜びに輝いている。

けれども、レオンさんの口から出たのは、再会を喜ぶ言葉とは正反対のものだった。

「セリーナ・ライヴリー。君を国王陛下暗殺未遂の疑いで拘束する。……連れていけ」

「はっ」

白い鎧を着た騎士たちが、セリーナさんを囲む。

こくおうへいか、あんさつみすい……。

待って。それって……。

何かの間違いじゃないの？

「無礼者《ぶれいもの》っ。私に触らないで」

近寄ってくる近衛騎士団に対して、セリーナさんは杖《つえ》を構える。

周りにいる今まで一緒に戦っていた騎士たちは、信じられないというように目を見張ってその光景を見ていた。

「一体、どんな証拠があるとおっしゃるの。レオンハルト様、私は決してそのような大罪《たいざい》は企んでなどおりません」

「ノーザンフォレストの黒薔薇《くろばら》を知っているな？」

レオンさんはセリーナさんの訴《うった》えには少しも感情を動かされないようだった。

「……それが何か？」

「知っているという、それが証拠だ」

レオンさんの言う通りだ。

王様が倒れたのは、幻の森と呼ばれるノーザンフォレストにだけ咲く黒薔薇のトゲの毒によるものだった。

ノーザンフォレストは、幻の森と呼ばれ、エルフであるエンジュさんくらいしかその存在を知らなかった。

だからその名前を知っているということは、直接的な犯人ではなかったにせよ、何らかの事情を知っているということになる。

ノーザンフォレストを見つけるには、冒険公とも呼ばれたノーザン公ウィリアムの霊廟《れいびょう》の下から行くか、魔の森の奥、深い霧《きり》に隠れた場所を偶然見つけるかしかない。

しかも霊廟にある転移陣を起動させるには、王家の血を必要とする。

だからイゼル砦の魔術師であるセリーナさんは、たまたま魔の森の探索をしている時に、霧に包まれたノーザンフォレストを見つけたんじゃないだろうか。

そこで偶然、黒薔薇を見つけて――。

「……連れていけ」

レオンさんはセリーナさんから目を逸らすと、そのまま私たちのほうへ歩いてこようとした。

その背中に悲鳴のような声がかけられる。

「魔の森におきまして、魔の氾濫が終わってしばらくは魔物の数が減りましたが、このところまた増えてきております。明らかに普通ではございません。このような国難に当たる時の王は、英雄でなければなりません！　世界が、レオンハルト様を真の王にと望んでいるのです！」

えっ。

魔の森でまた魔物が増えてきちゃってるの？

私たちはずっと王都を目指してきてたから、全然知らなかったよ……。ゲオルグさんも、そんなことは一言も言ってなかったし。

「兄上は、ただ戦うことしかできない私とは違う。民のことを第一にお考えになる、素晴《すば》らしい王だ。英雄でなければ王として認めないならば、私よりもっと王にふさわしい者がいるな」

「そのような方がどこにいると言うのです！」

「そこに」

そう言ってレオンさんはアルにーさまを指さした。

レオンさんに指名されたアルにーさまは、ちょっとびっくりして固まる。

うん。その気持ちは分かります……。

「英雄こそが王になるべきだという主張であるなら、アルゴは四神獣《ししんじゅう》の一柱、青龍王《せいりゅうおう》リヴァイアサンの加護を得ている。フランクは玄武だな。いずれも英雄と呼ぶにふさわしいぞ」

「ついさきほど、アマンダが朱雀の加護を頂きましたよ」

レオンさんの言葉に、気を取り直したアルにーさまが付け加える。

うんうん。

確かに神獣の加護を持ってる人って英雄にふさわしいよね。

といっても、やっぱり英雄ってレオンさんにふさわしい呼び方だとは思うけれども。

「だが彼らよりユーリのほうがよほど強い。どうだ、ユーリ。王位を目指してみるか？」

は……？

わ、私ーっ⁉

ひえええええ。

冗談でもそんなこと言わないでくださいっ。

声にならない悲鳴を上げながら、私は思いっきり首をぶんぶんと横に振った。

「さきほどのユーリの活躍を見たのだろう？　あれほどの魔法を使って、この場で戦ったもの全てを回復して、なおかつ魔物であるダークパンサーを従えているユーリこそが英雄と呼ばれるのにふさわしい」

「本当ならば、レオンハルト様があの魔物を屠《ほふ》るはずでしたわっ。そして華々《はなばな》しく王都に凱旋《がいせん》を――」

「もしかして、団長に倒させるために、わざと先制攻撃をしかけて討伐を失敗させようとしたのかっ」

アルにーさまが珍しく語気を荒らげてセリーナさんを睨《にら》みつける。

先制攻撃って……ああ、偽朱雀へ一斉攻撃する時に先走って魔法で攻撃してたのって、セリーナさんだったんだ。

でも、そうしたら偽朱雀を倒せなかったかもしれないのに……。

それどころか、討伐隊が全滅する危険だってあったはず。

そんなので王様になって、レオンさんが嬉しいと思うわけないじゃない。

むしろみんなを危険に晒《さら》したセリーナさんを、絶対に許さないと思う。

……私にだって分かることなのに。

「英雄こそが真の王になるべきだからです！　レオンハルト様、どうかこのアレス王国をあなた様がお治《おさ》めくださいませ！」

セリーナさんの必死の懇願《こんがん》に、レオンさんはただ冷え切ったエメラルド色の目を向けただけだった。

そこには何の感情もこもっていない。

「セリーナさんは間違ってると思います。王様になるには、適所適材で、才能のある人をちゃんと使えるかどうかが大切な気がします。それに……」

追憶《ついおく》の庭で会った、黒髪にレオンさんと同じ色の瞳をした少年の姿を思い出す。

小さな姿の王様も、やっぱり英雄が王になるべきじゃないかって悩んでた。

「王様は無償《むしょう》の愛を国民に与えて、導く存在じゃないかって思うんです。それにレオンさんからこれほど尊敬されている王様って、凄《すご》いと思います。セリーナさんはレオンさんに王様になって欲しいって思うくらいレオンさんに心酔してるのに、どうしてそのレオンさんが尊敬する人を認めないんですか？　レオンさんの目はそんな節穴《ふしあな》じゃないですよ」

セリーナさんはレオンさんが好きなはずなのに、どうしてそんなことも分からないんだろう。

「でも、レオンハルト様のほうが王にふさわしいわ……」

弱々しく顔を振るセリーナさんは、すがるようにレオンさんを見る。

けれどもレオンさんがそれに応えることはない。

「お前たちの勝手な理想を押しつけるな。私は王にはならぬ」

静かな物言いだけど、確固たる意志を感じる。

きっぱりと断言されて、セリーナさんの顔が絶望に染まった。

というか。

レオンさんは『英雄』って存在じゃなくて、レオンハルトって一人の人間だよ。

あんまり顔に表情が出ないから、凄く完璧な超人みたいに思ってしまうけど、会ったばかりの頃に私が泣いたら無表情なまま焦ったりとか。

そういえばテーブルの上のものが見えないだろうからって、膝《ひざ》に抱っこしてくれたこともあったっけ。

「レオンハルト様が、そんなことを……？」

あっ。

心の中で思っていただけのつもりが、つい口に出ちゃったみたい。

セリーナさんがなんだか唖然《あぜん》としている。

「……そんなこともあったな」

レオンさんがほんの少しだけ微笑《ほほえ》んだ。

滅多に見せない笑顔に、周囲の人からどよめきが上がる。

そういえば、全然笑わないから、氷の団長って呼ばれてるんだっけ。

「笑っていらっしゃるの……？」

セリーナさんは、レオンさんの顔をじっと見つめて……それから赤い唇をぎゅっとかみしめた。

「私は……。私はただ……、レオンハルト様の御為《おんため》と思って……」

セリーナさんは痛みをこらえるかのように胸を押さえた。

「私ではあのような笑顔は引き出せない……。けれど……ご自身の考えがどうであろうと、やはりこの難局において、レオンハルト様こそが王にふさわしいという思いに今でも変わりはありません。ただ、今しばらくは、御前《ごぜん》を失礼いたします」

そう言って、セリーナさんは初めて会った時に見たような、綺麗なお辞儀《じぎ》をした。

そして背筋をピンと伸ばしたまま、黒い鎧を着た騎士たちに連れられて去っていった。

第四章

新しい魔法

レオンさんたちはアトレイヤ門から王都に入ったそうだけど、そちらもローグ門ほどではないけど魔物が大挙《たいきょ》して押し寄せてきていたみたい。

その後も、レオンさんの下へは魔鳥《まちょう》が飛んできて、他の場所でも魔物が大量発生しているという知らせを受けている。

イゼル砦《とりで》のみんなとアボット村のマークんたちは、大丈夫なのかなぁ。

私は仲の良かった人たちの顔を思い浮かべ、心配になってしまう。

「どういうことなんでしょうね、まるで魔の氾濫《はんらん》だ」

アルにーさまの疑問に、みんなも頷《うなず》く。

私はさっき表示されたクエストを思い出す。

賢者《けんじゃ》の塔《とう》に行かないと、魔の氾濫が起こるんだっけ。

どんなクエストを受けたか、後で確認できればいいのに。もうっ。不便すぎるよ。

そう心の中で文句を言っていると、いきなり目の前に半透明のウィンドウが現れた。

The Small Sage Will Try Her Best In The Different World From Lv.1!

▽クエストを受注しています。
▽賢者の塔の鍵《かぎ》が揃《そろ》った。賢者の塔へ行こう。
▽クエストクリア報酬《ほうしゅう》・・・賢者の塔の内部へ入れる。
　クエスト失敗・・・魔の氾濫によるエリュシアの崩壊。


おおおっ。

凄《すご》い。

どのクエストを受けたのか分かるようになってる。

これは嬉しいよね。

でも、う～ん。……これって、魔の氾濫が起こりつつあるってことだよね。

なんとかして阻止《そし》しないと……。

このクエストのウィンドウは私のレベルが上がったから見えるようになったのかな。

そう思って確認してみると、なんとレベルが80まで上がっていた。

やったー！

あれだけ魔物を倒したからこんなにレベルが上がったのかな。

セリーナさんのことがあってなんとなく塞《ふさ》ぎこんでしまったけど、でもレベルが上がればもっと強い魔法を覚えているはず。

それがあれば……。

ユーリ・クジョウ・オーウェン。八歳。賢者Lv.80
HP　826
MP　918
所持スキル　魔法　100
回復　100
錬金《れんきん》　100（＋）
従魔《じゅうま》　100
称号
魔法を極めし者
回復を極めし者
錬金を極めし者
錬金マスター
異世界よりのはぐれ人
幸運を招く少女

幸運が宿《やど》りし少女
豹王《ひょうおう》の友
リヴァイアサンを倒せし者
玄武《げんぶ》を倒せし者
神に挑みし者
アレス王国の救世主
朱雀《すざく》に導かれし者

使用可能スキル
《雷属性》サンダー・アロー　サンダー・ランス　スパーク・ショット　裁《さば》きの雷
《風属性》ウィンド・アロー　ウィンド・ランス　エア・ブレード　破壊の竜巻《たつまき》
《火属性》ファイアー・ボール　ファイアー・クラッシュ　アフター・バーナー　紅蓮《ぐれん》の炎
《水属性》ウォーター・ボール　ウォーター・クラッシュ　ハイドロ・シューター　蒼《あお》き奔流《ほんりゅう》
《土属性》ロック・フォール　アース・クエイク　スクリュー・ランチャー　殲滅《せんめつ》の隕石《いんせき》
《氷属性》ダイアモンド・ダスト　フローズン・ストリーム
《無属性》ステルス・サークル

《従魔》　状態管理
《回復》　ヒール　（エクストラ・ヒール）
《範囲回復》　ヒール・ウィンド
《状態異常回復》　キュア
《補助》　プロテクト・シールド
　　　　マジック・シールド
　　　　プロテクト・マジック・シールド
《パーティー魔法》　パーティー・ヒール
　　　　　　　　　パーティー・プロテクト・シールド
　　　　　　　　　パーティー・マジック・シールド
《エリア魔法》　エリア・ヒール
　　　　　　　エリア・プロテクト・シールド
　　　　　　　エリア・マジック・シールド

やった！ プロテクト・シールドとマジック・シールドを一度にかけられる、プロテクト・マジック・シールドと、パーティーメンバー全員にかけられるパーティー魔法を覚えてる！

今までもパーティーメンバーにヒール・ウィンドはかけられたけど、回復量が少なかったから、普通のヒールと同じくらい回復できるパーティー・ヒールを覚えられて嬉しい。

これで戦いやすくなる。賢者の塔の鍵は全て揃ったから、あとは賢者の塔へ行くしかない。

でも、アレス王国がこんな状態なのに、騎士であるアルにーさまたちに一緒に行って欲しいって頼めるのかな。

だって騎士はその国の人を助けるものだし……。

もちろん、これ以上の魔物の襲撃《しゅうげき》を防ぐためには賢者の塔へ行かないといけないんだけど、それを説明しても分かってもらえるんだろうか。

だってこのクエスト以外に証明する方法がないけど、私以外にはクエストウィンドウは見えてないんだもの。

それに賢者の塔にはあの邪神《じゃしん》がいる。

この間はかろうじて助かったけど、また対決して勝てるとは思えない。

どうしよう、と悩んでいると、アルにーさまが少しかがんで私と目を合わせてくれた。

「大変だったね。僕たちはまだ後始末をしなければならないけど、ユーリたちはひとまず家に帰って休んでおいで？」

「あの……」

「どうしたんだい？」

どう言えばいいんだろうとためらう私に、アルにーさまは「遠慮しないで言ってごらん」と促してくれる。

「あの、もしかしたら、賢者の塔へ行けば、魔物たちの襲撃がなくなるかもしれないんですけど……」

「それは、あの邪神を倒せば、ということかい？」

声を潜《ひそ》めたアルにーさまに聞かれて、私は首を振る。

「分かりません。でも、とりあえず塔の中に入れば、魔物たちは襲ってこなくなる……と、思います」

賢者の塔の内部に入ったら、最終的には邪神を倒さないといけなくなるのかもしれない。

でも、賢者の塔の内部に入らないと、魔の氾濫が起こってしまう。

「……できるだけ早く戻って話を聞くよ」

「はい」

いい子で待っててね、とアルにーさまは私の頭を撫《な》でて再びレオンさんの下へ戻った。

フランクさんも一度神殿に戻るということで、行きと同じで、エンジュさんとカリンさんとヴィルナさんと、四人でオーウェン邸《てい》へと帰った。

屋敷《やしき》に戻ると、すぐにヴィクトリアさんの出迎えを受けた。

「心配したのよ、ユーリちゃん！」

ぎゅうっと抱きしめられて、優しいヴィクトリアお母さまの匂いに包まれる。

なんだか色々あって疲れた心が、癒《い》やされていくような気がする。

「無事で良かったわ。エンジュと一緒に出ていったと聞いて、心配で心配で」

「何も言わずに出ていっちゃってごめんなさい」

「あなたは子供なのだから、無理をしなくても良かったのに」

「でも、私もみんなを守りたくて……」

思わず顔を上げると、アルにーさまと同じ水色の慈《いつく》しむような優しい目が私を見つめている。

「無理はしないでちょうだいね。あなたは私の娘になったのだから」

「はいっ」

もしも……。

もしも、元の世界に帰ることができなかったら。

そうしたら、ずっとこの家にいてもいいですか……？

その質問を飲みこんで、私はずっとヴィクトリアお母さまに抱きついていた。

◇　◇　◇　◇　◇

アルにーさまはそれからしばらくすると、疲れた顔で帰ってきた。

第四章 ▶▶▶ 新しい魔法

「アルにーさま、お帰りなさい」

「ただいま、ユーリ」

アルにーさまが腕を広げて少ししゃがんだので、私は思いっきり飛びついた。

「はあ……。癒やされるよ……」

「お疲れさまです」

偽朱雀《にせすざく》がきて本物の朱雀がきて、それから魔物の大群がきたんだもんね。

その後で休む間もなく、軍議をしてきたはず。

きっと凄く疲れちゃってるんだと思う。

「アルゴ様、お茶をどうぞ」

いつの間にかお茶の用意をしてくれているエンジュさんが、香りの良い紅茶を淹《い》れてくれた。

一口飲むと、少し甘くて口の中がさっぱりする。

アルにーさまも、一口飲んでほっと息をついた。

「それで、結界はどうなった？」

私と一緒にアルにーさまを待ってくれていたカリンさんが、紅茶の湯気《ゆげ》で曇ったメガネを気にしながら、口を開く。

ヴィルナさんは一度冒険者ギルドへ行って、情報を集めてくれることになっていて、ここにはいない。

「幸い、この間の魔の氾濫で団長が倒したゴブリンキングの魔石《ませき》があるからね。それでもう一度結界を張り直すことになったよ。今、王宮の魔術師たちと神官たちが復旧を目指しているから、そちらは心配ないかな」

「とすると、それ以外に心配があるということか」

ずらしていたメガネを元の位置に戻したカリンさんは、眉間《みけん》に皺《しわ》を寄せた。

「どうもね、魔物の数が多いんだ。ローグ門に現れた大群ほどではないにしても、団長も王都に戻ってくるまでにかなり倒してきたらしい」

「アトレイヤ門のほうは無事だったのか？」

「団長が戻ってきた時には、群れというほどではなかったみたいだね。でも王都でこれほどの魔物が出るなんて、魔の森のほうはどうなってるのか心配だよ」

「エルフの国でも魔物が活性化《かっせいか》しておるようだ」

「エルフの国でもかい？」

「さすがに詳しい情報はまだ入らぬが、ほれ、ここにはエンジュがいるからな。どこからか情報を仕入れてきたらしい」

エンジュさんって一体何者⁉

「長生きしておりますと、耳を澄ませば遠くの木の声も聞こえるようになるのでございますよ。カリンもそのうちできるようになります」

にっこり微笑《ほほえ》むエンジュさんだけど、エルフの長生きって一体どれくらいの時間になるんだろう。想像もつかないよ……。

「そんな芸当ができるのは一部の老木だけであろうよ。それはともかく、この異変はアレス王国とエルフの国だけではなく、他の国でも現れておるのか？」

カリンさんが呆《あき》れたように言う。

えーっと、確か、エルフって元々は個人名がなくて『小さき若葉』『新緑《しんりょく》の若木』『堂々たる成木』『叡智《えいち》の老木』って呼び合ってるけど、そこに言霊《ことだま》と呼ばれるエルフ独自の魔力のようなものを乗せて、個人を表すんだっけ。

老木って言われるとびっくりしちゃうけど、老人っていう意味なんだよね。

エンジュさんが老人っていうのはちょっとイメージじゃないけど、長寿のエルフの中でも長生きしてるのは確かみたい。

「ウルグ獣王国《じゅうおうこく》とドワーフ共和国でも魔物の増加が見られるようですが、アレス王国ほどではないようですね。魔皇国《まこうこく》とノブルヘルムに関しては、詳しい情報がございません」

「本当に魔の氾濫が起こったかのような状態だね」

アルにーさまは、頭が痛いというようにこめかみに指を当てた。

「それで、ユーリは賢者の塔へ行けばこの状態が良くなると言っていたけど、それはどういうことか教えてくれるかな？」

「またあそこへ行くというのか⁉　死にに行くだけだぞ！」

カリンさんがガタリと音を立てて席を立った。

「クルムさんから炎の迷宮と風の迷宮の鍵をもらったんです。これで賢者の塔の鍵は全部揃ったから、すぐに中に入れれば、あの邪神も来ないんじゃないかなって思うんですけど……」

「だが扉に描いてあった四神獣《ししんじゆう》には一つ足りぬぞ」

カリンさんの言葉にエンジュさんも頷いた。

「そうですね。扉には『神に挑まんとするものたちよ。聖なる獣たちの声を聞き、精霊の印をたずさえよ。さすれば扉は開くであろう』と書いてありましたので、残り一つ、白虎《びやつこ》の加護が必要となりますね」

「これから白虎を探すのか……。すぐに見つかればいいけど」

「ユーリお嬢様の杖《つえ》を使えば、白虎を探せるようになるでしょう」

確かに、白虎は放浪《ほうろう》する癖《くせ》があるからすぐ分かるようにしてくれたけど。

でも、クエストを見るとそれは別に必要条件じゃないみたいなんだよね。

「あの、鍵が揃ったから、賢者の塔の扉自体は開くみたいです」

きっと賢者の塔の攻略には四神獣の加護が必要なんだろうけど、とりあえず扉を開いて中に入るだけなら、それは必要ないと思う。

多分……。

中に入ってしまえば、魔の氾濫が起きるトリガーがなくなる、ってことだろうから、それさえクリアしてしまえば魔物の増加は抑えられるってことだよね。

問題はそこから連続クエストが発生してしまうことだけど……。

賢者の塔がゲームのままなら、レベル上げにピッタリな場所がある。どこの階か忘れちゃったけど、細い回廊《かいろう》があって、そこにタウロスの上位種であるタウロマキアっていう四本のツノを持つ黒い牛の魔物が突進してくるんだよね。

どこにも逃げることができないから、遭遇《そうぐう》したらその場で戦うしかない。

しかも魔法だとあんまりダメージを与えられない厄介《やっかい》な魔物で、倒すのに時間がかかる。

その上、倒すのが遅いと次のタウロマキアがやってきて、一度に二匹を相手に戦わなくてはいけなくなる。それも倒せないままでいると、どんどんタウロマキアが増えてきて、こっちのＨＰがゼロになってしまう。

そして倒されたプレイヤーの上で、タウロマキアがブモーブモーと勝利の鳴き声を上げる。

それがまた凄く馬鹿にされているようで腹が立つと評判だった。

その分、倒せば経験値をたっぷりもらえるおいしい魔物だったんだけど……。

タウロマキアの攻撃で一番怖いのは『突進』だ。回廊の向こうから凄い勢いでやってきて、攻撃してきて、大ダメージを受ける。

でも、私だったらスパイダーウェブコートで足を止めることができるから、その間に攻撃しまくって倒せば、物凄くたくさんの経験値を一気にもらえるんじゃない？

ゲームの時と同じようにタウロマキアが出てくるかどうか分からないけど、賢者の塔に出てくる魔物は経験値が高いものばかりだった。

だから最高レベルの99まで、そこでレベル上げして邪神に挑むしかないと思う。

賢者の必要経験値は神官とか魔法使いよりも少し多いとして、それでも今のレベルを最大値にするには、丸一日こもれば達成できるはず。

多分、あの邪神はレベルＭＡＸにしないと倒せない。

そして、きっと……。

エリュシアの滅びを望む邪神を倒さないと、きっとこのエリュシアは……。

「しかし賢者の塔に行けば、再び邪神と相まみえることになろう」

カリンさんは腕を組んで眉間に皺を寄せている。

「でも賢者の塔に行かないと、このまま魔物が増えて、魔の氾濫になっちゃうんです……」

クエストのことを説明しても、私にしか見えないから説得できない。

だけど、あれを倒さないと、エリュシアは滅《ほろ》んでしまう。

「ユーリは何か知っているのかい？」

アルにーさまに聞かれて、どうやって説明したらいいのか悩む。

いっそ、私がここにきた話をしてみるとか……？

アマンダさんに話した時は信じてもらえなかったけど、今なら信じてもらえるかな。

でもきっと、ゲームの世界って言っても分からないよね。

うーん。物語の中に入れる、とか？

「ええと。私がこのエリュシアに来る前には、日本という国にいたんですけど……その国は、この世界にはないんです」

「この世界にはない？」

アルにーさまが予想外のことを聞いたというように、目を見張る。

「その……私たちの世界では、物語の世界に入って、その中で冒険をして遊んだりできるんです」

「物語の世界だと？　ふむ。実に興味深い。どのような物語なのだ」

私の話を聞いたカリンさんは、興奮して身を乗り出してきた。

「ええっと、たとえば神官になって回復魔法を使ったり、戦士になって魔物を倒したり……。あとは仲間とパーティーを組んで、強い魔物を倒したりします」

パーティーという言葉に、アルにーさまが反応した。

「ユーリがいつも言っている『パーティー』だね」

私はアルにーさまを見て頷いた。

「はい。そうです。そこで私は、神官と魔法使いを極めて、それから賢者に転職しようと思ったんです。賢者になるには、賢者の塔の最上階まで行って、そこでえーと、賢者にふさわしいかどうかの、試練を受けました」

「どんな試練だったんだい？」

「賢者の一番偉い人と一人で戦って、勝ったらこの賢者の紋章《もんしょう》がついているチョーカーをもらったんです。それで、やったーと思ってチョーカーをつけたら、いきなり『真のエリュシア』に行きますかって聞かれました。……そして気がついたら、魔の森のそばにいたんです」

「僕たちと最初に会った場所だね」

私はこくりと頷いた。

あれからまだそんなに時間が経ってないのに、なんだか凄く昔のことのように思える。

「それで、あの……本当の私は十九歳で……だけど、この世界に来たら、こんなにちびっこになっちゃったんです……」

私はうつむきながら言った。

機会を逃してしまってなかなか言い出せなかったんだけど、私は、本当はちびっこじゃなくて……。

みんなにちびっこ扱いされて、私も体が小さくなったから精神も幼くなっちゃったのかなって思ってたんだけど。

それでもやっぱり、ここにいる私は本当の私じゃないと思うから……。

「にゃあ」

膝《ひざ》の上で握りしめた手に、ノアールが顔を寄せる。

もふもふした毛の手触りが、ちょっとだけ心を慰《なぐさ》めた。

「ユーリが十九歳だって⁉　信じられない」

アルにーさまが驚いたように声を上げる。

私は握った手を更に固くした。

「……それはおかしいですね。ユーリお嬢様は確かに八歳ですよ」

私をずっと見つめていたエンジュさんが首を傾《かし》げる。

「ああ、びっくりした。いきなり変なことを言いだすから何事かと思ったよ」

「えっ。でも本当ですよ」

どう考えても、エンジュさんのほうが、変なことを言ってる。

私が目をぱちくりさせているのを、エンジュさんは不思議そうに見ている。

「私はエルフの中でも少しばかり長生きしておりますので、魂の年輪が見えるのです。ユーリお嬢様の魂に刻まれた年輪の数は八重。つまり、八歳ということでございますね」

えーっと、ちょっと待って。

魂に年輪なんてあるの？

「ご存じの通り、エルフは年を経てもあまり外見が変わりません。ですが年長者が年若いものを導くのが道理ですので、それで分かるようになるのかもしれませんね」

にっこりと笑うエンジュさんに、アルにーさまが「初耳だな」と呟《つぶや》く。

「人族のみなさまは、年輪の数を気になさいますからね。特に女性の方は。ですのであまり公言しないようにしております」

まあ、確かに……。

エンジュさんみたいな綺麗《きれい》な人を相手にする時には、ちょっと見栄《みえ》を張って年齢をごまかしちゃう人もがいるのかも。

そういえばエリュシアオンラインで遊んでた時に、同じギルドのカノさんが「いい？　ユーリちゃん。十九歳と二十歳の間にはとーっても深い溝があるのよ！　全然違うの！」って言ってたかもしれない。

どう違うのか分からなくて聞いたら「二十歳になったら分かるわ」って言われたんだっけ。

二十歳どころか八歳のちびっこになっちゃったから、あの言葉の意味はしばらく謎のままかもしれない。

「おそらくユーリお嬢様は人族ではなく、エルフのように寿命の長い種族なのだと思います。エルフの場合も、生まれて三年ほどは人族の赤子と同じように成長しますが、その後は成長が緩やかでございますからね。人族の十九年で、およそ八歳ほどだと思いますよ」

「とすると、ユーリもエルフの可能性があるのかい？」

アルにーさまの質問に、お茶のお代わりを淹れていたエンジュさんは私の耳をちらっと見た。

「耳の形を見ますと、純粋なエルフではないでしょう。エルフと人のハーフか……あるいは……」

そこでエンジュさんは言葉を濁《にご》した。

「あるいは？」

「我々の知らない種族、という可能性もございますね」

あの……。普通に人間だと思うんですけど……。

でもこの姿はゲームのアバターだから、どうなんだろう。

うーん。

でもそこはいくら考えても分からないから、仕方ないよね。

それよりも……。

「パーティーを組むと、一緒に組んでいる人の名前が半透明のウィンドウで出てくると思うんですけど、これと同じようなウィンドウがあって、そこに次に何をしたらいいかっていうのが出てくるんです」

私はアルにーさまたちに、クエストを受けると、成功した時と失敗した時に、どういう状態になるか分かるっていう説明をした。

「とすると、今の状態も分かるってことかな？」

アルにーさまに聞かれて頷く。

「そこには、賢者の塔の鍵が揃った。賢者の塔へ行こう。クエストクリア報酬だと賢者の塔の内部へ入れる。……クエスト失敗だと……魔の氾濫によるエリュシアの崩壊、って書いてあります」

「エリュシアの崩壊だって？　しかも魔の氾濫⁉」

思わず叫んでしまったアルにーさまが、はっと口を押さえる。

「確かに魔の氾濫に似ておりますが、いくらなんでも周期が短すぎるのではありませんか？」

エンジュさんの疑問は当然だと思う。

私もそう思うけど……。

「邪神の力かもしれんな。あれは、確実にエリュシアの滅びを望んでいた」

カリンさんの言葉に、私はずっと寄り添ってくれているノアールをぎゅっと抱き上げた。

頭の上にいるプルンは、なんだか心配そうにふるふると震えている。

「にゃ〜う」

邪神と戦うなんて、凄く怖い。

本当はクエストなんて放り出して逃げ出してしまいたい。

でも……そんなこと、できない。

だって私はここにいるアルにーさまやカリンさんたちが……ここにはいない、アマンダさんやヴィクトリアお母さまやマーくんたちが……そして、エリュシアが大好きなんだもの。

「だから、一緒に賢者の塔へ行ってください。お願いします」

そう言って頭を下げると、横に座っているアルにーさまに優しく抱きしめられた。

「それは僕たちのセリフだよ。一緒に賢者の塔へ行って邪神を倒そう」

「はいっ！」

私には頼れる仲間たちがいるんだもん。

邪神になんか絶対に負けない！

第五章
再び賢者の塔へ

すぐに賢者《けんじゃ》の塔《とう》へ向かいたかったけれど、やっぱり準備が必要ということで翌日に出発することになった。

オーウェン家の料理長さんにたくさん料理を作ってもらって、どんどんトレイにセットしてアイテムボックスに収納する。

アイテムボックスの枠を一つ使ってしまうけど、トレイに食事をセットして、朝食・昼食・夕食という種類に分けて入れておけば、できたてホヤホヤのおいしい食事が摂《と》れる。

トレイに乗っている食事の種類は同じにしないと重ならないから同じような食事が続いちゃうけど、パーティーでのお料理がおいしいと評判のオーウェン家の料理長が作ってくれるお食事セットは、そのままお店に出せそうな完成度だった。

ゲーム内で拾《ひろ》ったノーマル武器は出したしポーション類も減ったから、その空いた場所に全部食事を入れた。

もし賢者の塔で中々レベルが上がらないとしても、邪神《じゃしん》と戦えるレベルＭＡＸになるまで、賢者の塔でレベル上げをする予定なんだよね。

The Small Sage Will Try Her Best In The Different World From Lv.1!

タウロマキアを倒してガンガン経験値をもらえるといいんだけどな……。

そればっかりは行ってみないと分からない。

賢者の塔を攻略するメンバーは、イゼル砦《とりで》からここまで一緒にきてくれたアルにーさま、アマンダさん、フランクさん、ヴィルナさん、カリンさんに頼んでいる。

本来、ヴィルナさんは冒険者だから一緒に行く義務はないんだけど、乗りかかった船だと二つ返事で承諾《しょうだく》してくれた。

それにこれはアレス王国だけの問題じゃない。

ウルグ獣王国《じゅうおうこく》にだって魔物が襲来《しゅうらい》しているのだから、ヴィルナさんの参加は自国のためでもあった。

イゼル砦を出た時には、里帰りするついでに同行してくれるってことだったのに、なんだか思い切り巻きこんじゃって本当に申し訳ないと思う。

でもヴィルナさんの双剣の攻撃は頼りになるから、一緒に来てくれることになって嬉しい。

本当はレオンさんにも来てほしかったけど、レオンさんは王都の防衛に残らなくちゃいけないんだって。

確かにそうだよね。

もし万が一私たちが失敗して魔の氾濫《はんらん》が起こってしまったら、レオンさんが中心になって戦わなくちゃいけないもの。

魔の氾濫が終わったばかりなのに再び起こってしまうというなら……。

そこには絶対に英雄が必要になる。

英雄が、みんなの希望になる。

だからといって、邪神を倒すのを諦めてるわけじゃないけども。

みんなと一緒にがんばるんだから！

「ユーリちゃん、支度《したく》はできた？」

「アマンダさん！」

かけられた声に振り向くと、アマンダさんが荷物を手に部屋へ入ってきた。

「ノックをしたんだけど返事がないから、勝手に入らせてもらっちゃったわよ」

「ごめんなさい。ちょっと考えごとをしてました」

「いいのよ。いよいよ出発だものね」

「……アマンダさんは良かったんですか？」

「なにが？」

「だって……ゲオルグさんがいるのに……もし帰ってこられなかったら……」

「にゃあ」

言葉に詰《つ》まりながら言うと、ノアールががんばれと励《はげ》ましてくれた……ような気がする。

「もうっ。ユーリちゃんは子供なんだから、そんなに気を遣《つか》わなくていいのよ」

アマンダさんは苦笑して私の頭を撫《な》でる。

「それに、邪神を倒して戻ってきたら、もう一度ゲオルグにプロポーズするわ！」

えええええっ。

アマンダさん、それダメなフラグです！

そういうセリフを決戦前に言うと、帰ってこられなくなるのが定番なんです。

だから発言を撤回してくださいぃぃぃ。

でもそんなこと言えなくて、口をパクパクしていると、アマンダさんは少しかがんで私と目を合わせる。

「あんな邪神なんてさくっと倒して、さっさと帰ってきましょ」

アマンダさんはそう言ってウィンクした。

「それ、フランクさんの言葉みたいです」

「あら嫌だわ。あんな脳筋《のうきん》と一緒だなんて」

軽い調子で言われて思わず笑うと、アマンダさんも一緒にふふっと笑みを浮かべる。

「ゲオルグもね、無事に帰ってきたらちゃんと話を聞いてくれるって言ってくれたの。そうしたら絶対に、何があっても帰ってこないと、って思うじゃない？」

「え……。それって、もしかして……」

ついにゲオルグさんがアマンダさんの思いに応えてくれるってこと？

うわぁ。

おめでとうございます、と言おうとして、でもまだ邪神を倒したわけじゃないから、まだ言えない。

だけど絶対に邪神を倒さないといけない理由が増えた。

「だから……みんなで必ず帰ってきましょう」

アマンダさんの言葉に私も力強く頷《うなず》く。

「はい！」

◇　◇　◇　◇　◇

私たちはアルにーさまをリーダーに、賢者の塔へ向かうべく、廃神殿《はいしんでん》へと集結した。

昼間の明るい中で見る廃神殿は、打ち捨てられた風情《ふぜい》がどことなくもの寂《さび》しさをかもしだしていた。

かつては全て大理石《だいりせき》で作られた壮麗《そうれい》な神殿は、今では見る影もない。

崩れ落ちた門には、アトレイヤ門でも見た六枚羽のある神の御使《みつか》いの彫刻《ちょうこく》が彫られていたが、雨風に晒《さら》されて表面が黒ずんでしまっている。

神殿に向かう道の途中には台座があって、その上にかつては見事な像が飾《かざ》られていたのだとか。

ごろりと転がっている人の像に羽がついているから、きっと神の御使いの像が両脇に並んでいたんだろう。

崩れた神殿の中に入ると、かろうじて屋根が残っている場所にかつてのご神体《しんたい》が飾られていた台座がある。

前に来た時は夜だったから気がつかなかったけど、奥の壁には剣を持つ神の御使いと杖《つえ》を持つ神の御使いの像が、まるでその台座を守るかのように飾られていた。

この台座の前で聖歌を歌うと、賢者の塔へ向かう魔法陣が現れるのだ。

「みんな……覚悟はいいかな？」

アルにーさまがみんなの顔を見回す。

「もちろんよ」

アマンダさんが真っ赤な髪をかきあげて挑発的に笑う。

「無論だ」

ヴィルナさんが愛用の二本の剣を手に頷く。

「仕方あるまい」

カリンさんが大きなスライム帽《ぼう》を直した。

「大丈夫です」

「にゃあ」

私とノアールが答えると、ノアールの頭の上のプルンもぷるるんと震える。

「よし。そんじゃ、歌うぜ」

大きく息を吸ったフランクさんが、朗々《ろうろう》たる歌声を響かせる。

前と同じ、創世記の歌だ。

《一日目、神は大地に溢《あふ》れる光から妖精族をお創りになった》
《二日目、神は大地に咲く美しい花からエルフ族をお創りになった》
《三日目、神は大地に輝く石からドワーフ族をお創りになった》
《四日目、神は大地を駆ける獣から獣人族をお創りになった》
《五日目、神は大地の豊かな恵みを持つ土から人族をお創りになった》
《六日目、エルフ族とドワーフ族と獣人族と人族が大地の覇権《はけん》を争った。その時に大地に流れた血から魔族が生まれた》
《七日目、神は大地を巡って争う者たちの姿を見て嘆《なげ》いた。その涙のしずくが大地に落ちて川になり森ができ、そこから魔獣が生まれた》

この世界はただ一人の神様によって創られたと思われていたけど、エルフ族に伝わる伝説だと、創世記の時代の前にはたくさんの神様たちで暮らしていたのだとか。

でも神様同士の戦いが起きてこの世界は荒れ果てて、神様たちは精霊界と呼ばれる場所へ行ってしまった。

残った、たった一柱の神様が再びこの世界を創ったのだとしたら。

あの私たちが出会った邪神は、精霊界に行かなかった神様ってことになる。

今まで賢者の塔に隠れていたのか、それとも賢者の塔が精霊界に繋がっているのか……。

もし精霊界に繋がっているんだとしたら、賢者の塔は異世界とエリュシアを繋ぐことができるってことだよね。

とすると、もしかして日本に帰れる……？

ゴォオンと神殿にかつてあった幻の鐘《かね》が鳴る。

呼応するように、ゴォオォンと遠くで鐘が鳴った。

すると、うっすらと床に転移陣が現れる。

賢者の塔へ向かう転移陣だ。

「塔の入り口でモタモタしてたらまたあの邪神がくるかもしれないから、すぐに鍵《かぎ》をはめよう」

鍵は私とヴィルナさんとカリンさんがそれぞれ一本ずつ持つことになった。

アルにーさまとアマンダさんとフランクさんは、それぞれ呼応《こおう》した扉の絵に触れることになっている。

「分かりました」

私は大きく頷いて、手にした土の迷宮の鍵をぎゅっと握る。

「じゃあ行こう」

全員で同時に魔法陣の上に乗る。

ふわっと体が浮くような浮遊感の後、目を開けるとそこは賢者の塔の正面だった。

「急ごう」

アルにーさまを先頭に、走って賢者の塔の扉へと向かう。

私が手にした鍵を扉の中央にあるくぼみにはめると、カチリ、と小さな音がした。

ヴィルナさんとカリンさんが鍵をはめると、同じように音が鳴る。

そしてアルにーさまたちが四神獣《ししんじゅう》の絵に触れると、それぞれの絵が光り輝く。

すると上部に文字が浮かんだ。

『神に挑まんとするものたちよ。聖なる獣たちの声を聞き、精霊の印をたずさえし者たちよ。

今こそ扉は開かれん』

そして――。

「扉が開いた。中に入ろう」

ゆっくりと開いた扉から、急いで賢者の塔の中へと入る。

そこは広いホールのようになっていた。

赤い絨毯《じゅうたん》が敷《し》かれ、六つある窓には、エリュシアに住む種族が描かれたステンドグラスがはめられている。

左から、青い肌を持ちエルフのような尖った耳を持つ魔族。

剣を手にし、赤い鎧《よろい》を身にまとう人族。

ライオンの顔を持ち、槍を持つ獣人族。

緑の肌に髭を生やし、大きな槌《つち》を持つドワーフ。

大きな杖を持つ、髪の長いエルフ。

小さな羽を持つ、子供のような妖精族。

六枚のステンドグラスは、外からの光を通し赤い絨毯に万華鏡《まんげきよう》のような模様《もよう》を作る。

どういうわけか、その模様は色鮮やかなモザイクで作られたエリュシアの地図のようにも見えた。

「なんて綺麗《きれい》なんでしょう……」

ゲームで訪れた時にはこんなステンドグラスはなくて、ただ無機質な石の床があるだけだった。

やっぱり、ゲームとは全然違うんだね。

「みなさん、パーティーを組んでください」

前に賢者の塔へ来た時はパーティーを組めなかったけど、今回はどうだろう。

すぐに中に入ったから大丈夫だと思うんだけど……。

《ミッションウィンドウ、オープンします》

ほっ。

良かったぁぁ。

パーティーを組める。

これで戦う時にエリーのアナウンスが聞こえるし、邪神と戦う時にはハイブリッド魔法を使えるね。

「パーティーが組めました！」

私の報告に、みんながホッと安堵《あんど》する。

「魔物の気配はせんな。ヴィルナ、どうだ？」

カリンさんが辺りを見回して言った。

「この階にはな」

「……上か。素直に最上階までは行けぬというわけだな」

やれやれ、とでも言うようにカリンさんは肩をすくめる。

「塔の中に入れば、もう邪神は来ないのかしら」

天井を見上げたアマンダさんが言うと、フランクさんは頬をかいた。

「さぁてな。最上階から来るってんなら、ここには入ってこられないと思うが、もし精霊界から来るなら、場所を選ばず来るだろうよ」

天井には六枚の羽を持つ神の御使いが描かれていて、その手には石板《タブレット》のようなものを持っている。

あ、あれって、もしかしてクルムさんが言っていた『天命の石板』なんじゃないかな。

あんなにも『天命の石板』を探し求めていたクルムさんがここに来られたら、きっと凄《すご》く喜ぶだろうにな、と思う。

だけど神殿の魔石《ませき》を盗んだ罪で、しばらくは牢屋に入れられちゃうだろうから無理だろうけど……。

でも邪神を倒して、ここが危なくない場所になったら。
そしたらいつか、来られるといいな……。
そんなことを考えていたら、ピコーンと音が鳴った。
あ、クエスト完了の音だ。

▼クエストを完了しました。
▼賢者の塔の鍵が揃《そろ》った。賢者の塔へ行こう。
▼クエストクリア！
　賢者の塔の内部へ入れる。

▽連続クエストが発生しました。
▽賢者の塔の最上階へ向かおう。
▽クエストクリア報酬《ほうしゅう》・・・装備を得られる。
　クエスト失敗・・・魔の氾濫によるエリュシアの崩壊。

▽このクエストを受注しますか？
　▽　　▽
　はい　　いいえ

第五章 ▶▶▶ 再び賢者の塔へ

うん。やっぱりね。連続クエストだと思ってた。

しかもまだ魔の氾濫が起きるのを止められてない。

もちろんクエストは受けるけど、このクエストクリア報酬ってなんだろう。

凄い武器か防具がもらえるのかな。

できれば、邪神と戦うのに有利になる装備だったらいいんだけど……。

そういえば、朱雀《すざく》が私のゲッコーの杖に、白虎《びゃっこ》を探す機能をつけてくれたんだっけ。もしこの塔の中で白虎に会えたら、きっと戦いに有利になるよね。

白虎がいなかったとしても、賢者の塔の内部の地図が分かれば役に立つし。

「プロジェクション！」

《スキル・プロジェクション発動します。賢者の塔の地図を映します》

ゲッコーの杖から出た光が、壁に地図を映し出す。

そこにはまだ、一階のこの部屋しか映っていない。

やっぱり賢者の塔の中に白虎がいるなんて都合のいいことはないよね。残念。

がっかりしたけど、賢者の塔の地図が映し出されるのは便利だから、そのままにしておく。

「お、こっちに階段があるぜ」

周囲を見回っていたフランクさんが私たちを手招きする。その頭の上にいつものピンク色のうさぎが乗っていない。

ルアンはフランクさんの足元に下りて、道案内をしてくれるつもりだ。

これでもし罠があっても、ルアンが察知してくれるから大丈夫だね。

ルアン、ありがとう！

警戒しながらルアン、ヴィルナさん、アルにーさま、私、アマンダさん、フランクさん、カリンさんの順番で進む。

ルアンの後ろにヴィルナさんが続いているのは、獣人《じゅうじん》でわずかな音にも反応できるからだ。

塔の二階に上がると、左右に通路がある。多分、どちらかが行き止まりになっているんだろうけど、どっちだろう。

ゲームで通った時には、最上階に着くまでギルドのメンバーと一緒だったから、道順なんて全然覚えてないよ……。

「さっそく分かれ道か。どっちに行く？」

全員が二階に上がるのを待って、アルにーさまが振り返った。

「どっちに行っても地図があるから、迷子にはならないと思います」

「そうだね、ありがとうユーリ」

えへへ。

アルにーさまにほめられちゃいました。

「とりあえず左から行こうか」

しばらく左に進むと突き当たりに小部屋があった。注意しながら中の様子を窺《うかが》うと、そこには赤い色の宝箱がある。

「どう考えても、あれってミミックよねぇ」

「これだけの魔素《まそ》だ。活動停止しているミミックなどいないだろうな」

アマンダさんとカリンさんの会話に、そういえばダンジョンにある宝箱は大体ミミックで、倒せば高価なアイテムを得ることができるけど、負けたらミミックの栄養になってしまうのを思い出した。

低層のミミックは活動停止していることもあるけど、この場所では無理だろうなぁ。

「無視して行きたいところだが、上階への鍵が入っている可能性もあるからなぁ。開けてみようぜ」

神官になる前に腕利きの冒険者だったフランクさんの意見に同意して、ゆっくりと部屋の中へ入る。

いきなり襲われて怪我《けが》をしてもすぐ回復できるように、私とフランクさんは少し後ろで待機した。

罠があるかもしれないので、ヴィルナさんが慎重に宝箱を調べる。

「特に罠はない。開けるぞ」

ヴィルナさんがそっと宝箱に手をかけると、ぐわっと蓋《ふた》が開いた。

やっぱりミミックは生きていた。

ミミックは蓋に擬態していた口を大きく開けると、そこから氷のつぶてを吐き出す。

《敵の攻撃被弾。ＨＰ減少》

「パーティー・ヒール！」

《パーティー・ヒール。発動しました。……回復しました》

「嬢ちゃん、今のはなんだ？」

今まで使ったことのない回復魔法に、フランクさんが驚いている。

えへへ～。

レベルが上がって覚えたんです。

「成長しました！」

「……後で俺にもやり方を教えろ」

「はい！」

パーティー・ヒールって賢者にしか使えない魔法かもしれないから、エリア魔法と同じようにフランクさんには覚えられないかも。

でも試してみないと分からないし、できるようになるといいよね。

私とフランクさんが会話をしている間に、アルにーさまたちは難なくミミックを倒していた。

動かなくなったミミックの蓋を開けると、そこには――。

「リボンつきの白猫ローブ？」

なぜか入っていたのは、ふわふわもこもこした、ピンクの大きなリボンがついた白猫ローブだった。しかも子供用だ。

「これって……どう考えてもユーリちゃん用よね」

「うん。明らかにね」

アマンダさんとアルにーさまが、手に取ったローブを私にあてて、大きさを見ている。今着ている白猫ローブとほぼ同じ大きさだ。

多分、今着ている白猫ローブよりも良いものなんだろうけど、見ただけでは分からない。

ゲームだとどんな効果を持つ装備かすぐに分かったけど、ここでは装備してみないと分からないんだよね。

さすがに呪われた装備ってことはないと思うけど……。

呪われた装備を身につけると、ステータスが低くなってしまったり、毒のように一歩進むごとにＨＰが減っていったりしてしまう。

でも、もしそうなっても神官《しんかん》のフランクさんがいるから大丈夫だよね。

じゃあ思い切って、着てみようかな。

白猫ローブを脱いで、大きなピンクのリボンがついた白猫ローブを羽織《はお》る。

正直、あんまり変わった気がしないけど、効果はどうだろう。

「あっ。即死ガードがついてます」

もちろん防御力がかなり高くなっているけど、それよりも即死攻撃を防ぐ、即死ガードの効果がついているのが嬉しい。

だって、これなら邪神のあの攻撃を防げるかもしれないもの。

このリボンつき白猫ローブは、明らかに私に用意されたものだ。

白猫ローブを改良した、ゲームの中だったら、いわゆる白猫ローブ・改とでも命名されそうな装備だ。

ということは、もしかしたらこの賢者の塔をくまなく探せば、全員分の即死ガードつきの装備を見つけられるかもしれない。

「ってえことは、そのローブならすぐにはやられないってことか」

いまだ邪神に対して複雑な思いを抱くフランクさんが、私の白猫ローブ・改を見て呟《つぶや》く。

「防御力と魔法防御力もかなり高いですし、多分、これ以上の装備はないと思います。他にも同じような防具があるかもしれないから、宝箱がありそうな小部屋は全部確認しながら行きましょう」

「そうするか」

それからは全ての通路を注意深く進んでいくことになった。

幸い落とし穴とかの罠はないし、プロジェクションのおかげで壁に地図が映るから、道に迷う心配もない。

しかも朱雀のおかげなのかどうか、モンスターが現れると赤い光が地図の上に点滅するようになった。これなら不意打ちで襲われることはない。

途中で出てくるモンスターはデーモンピエロや踊る巨人など、エリュシア大陸では見かけない魔物ばかりだった。

しかもどの魔物もかなり強い。

でも――。

「……手ごたえがねぇ」

襲い掛かってきたロックベアを拳で倒したフランクさんは、物足りなそうにそのまま床に倒れる、岩で覆われた大きな熊《くま》を見下ろした。

ロックベアはその名の通り、体の表面がゴツゴツした岩で覆われている魔物だ。力が強く俊《しゅん》敏《びん》で頭が良いが、一度獲物として狙ったらその相手だけを集中して攻撃してくる。

普通は一番体の小さい私が狙われそうなものだけど、なぜかロックベアはフランクさんだけを狙ってくる。

もしかしたらロックベアは、筋肉が好物だったりして。

「そうだね。見た目は強そうだけど、戦ってみるとそうでもないのかな」

「馬鹿を言え。それはおぬしたちが四神獣の加護を受けているおかげだ」

手を握ったり開いたりしているアルにーさまに、カリンさんが呆《あき》れたように言う。

「四神獣の加護？」

「ああ。この塔の中には、四神獣の力が満ちておる。かつて祈りの塔と呼ばれていたのも納得できるな」

「なるほど。加護のおかげで今まで以上の力を発揮できているということか」

「その可能性は高いと思うぞ。……しかし、ここはつまらんな。スライムが一匹もおらぬ」

高レベルの魔物しかいないところだから、スライムみたいな弱い魔物は影も形もない。

カリンさんが四方を見回して肩を落とした。

でも、すぐに鼻をひくひくと動かし始める。

「むっ。この匂いはっ」

そしていきなり走り出した。

「カリンッ、どこへ行くの？　一人で行ったら危ないわよ」

アマンダさんが慌《あわ》てて後を追う。

その横をヴィルナさんが追い抜いた。

右にゆるくカーブを描いた通路の向こうで、カリンさんがヴィルナさんに首根っこをつかまれてジタバタ暴れている。

「離せっ。私はあれを見るんだ。離せーっ」

私たちが追いついてみると、そこには信じられないものがあった。

……というか、いた。

「え……。スライム？」

カーブした壁で姿が見えなかったけど、そこには通路をふさぐほどの大きなスライムがいる。

ちょっとサイズがおかしいけれど、その姿はカリンさんのマクシミリアン二世にそっくりだ。

「うわぁ。これってクラウンスライムだ」

思わずそう呟いてしまう。

クラウンスライムに、物理攻撃は一切効《き》かない。魔法攻撃もファイアー・ボールだけが効く。

でもファイアー・ボールはそれほど攻撃力のある魔法じゃないから、倒すのに凄く時間がかかる厄介《やっかい》なスライムだ。

「ユーリちゃん、あれが何か知ってるの？」

アマンダさんに聞かれて答えようとしたら、カリンさんが凄い勢いで迫ってくる。

「なんだと、小娘っ。あれっ、あれを知っておるのかっ」

と思ったら、再びヴィルナさんに首根っこをつかまれた。

「離せ、ヴィルナ！」

「落ち着け」

「これが落ち着いていられるかぁぁ！」

興奮するカリンさんは私がクラウンスライムについて話すまで落ち着きそうにない。

「あれはクラウンスライムといって、基本的に大人しいスライムなのでこちらから攻撃しない限り、攻撃してきません」

「ほう。大人しいのか。……ふむ。確かに襲ってはこんな」

「ただ大抵、ああいう感じで道を塞《ふさ》いじゃってるんで、倒さないと先に進めないことが多いです。それから、こっちの攻撃はファイアー・ボールしか効きません」

「なるほど。実に興味深い。……キュアをかけたら懐《なつ》かぬかな？」

キュアで懐かせることができるのは、変異種で、なおかつ子供に限るから、あのクラウンスライムは無理だと思います……。

それにあんな大きなスライムは連れて歩けないんじゃないのかなぁ。

「変異種でも子供でもないから、無理じゃないでしょうか。それに、迷宮のスライムは普通のスライムとは違うんじゃないでしたっけ？」

迷宮は精霊界の影絵のようなもので、そこに現れる魔物はただの幻影だって言ってたはず。だとすれば、ここにいるスライムは本物じゃないってことになるんだけど……。

「迷宮のスライムは匂いがしないが、このクラウンスライムとやらはちゃんとスライムの匂いがするぞ。……とすると、ここは迷宮ではないということか」

迷宮じゃないなら、どこなんだろう……？

「影絵ではないのかもしれん。となると、ここは精霊界という可能性も……。だが魔物の死体は、迷宮の中のように吸収されるな。これは一体どういうことか――」

ぶつぶつと呟くカリンさんは、はっと我に返った。

「そんなことよりも、あのスライムだ。倒さずに研究しようではないか」

「えっ。でもそうしたら先に進めませんよ」

「なに、ほんの一カ月やそこら待っても良かろう」

うんうんと頷くカリンさんの頭を、フランクさんが軽くこづく。

「そんな悠長にしてたらアレス王国が大変なことになるだろうが」

「しかしだな。あのように大きなスライムはとても珍《めずら》しいのだぞ。とことん研究するためには最低でも一カ月は必要だ！」

「諦めろ。倒すぞ」

「待て！　貴重なサンプルだぞ」

「サンプルだけ残しゃあ良いだろ」

「生きたまま研究したい」

「そりゃ無理だ」

カリンさんとフランクさんの言い合いは収まりそうにない。

すると、ノアールの頭の上にいたプルンが、ぽよんと弾《はず》んで床に下りた。そしてそのままクラウンスライムのところへ行く。

ぽよよん、ぷるるん。

「魔の氾濫が起きたら研究どころじゃねえだろ」

「しかし、世界に一体しかいないスライムかもしれんのだぞ！」

「世界に一体だろうがなんだろうが、倒さなきゃ先に進めねえだろ」

ぷるるん。

「こんなに近くにいても襲ってこないのだから、きっと大人しい個体に決まっておる」

ブルンブルン。

「その自信はどっからくるんだ」

「勘《かん》だ！」

「いや。研究してんだから、もっと理論的に説得しろよ」

ぽよん。ぷるん。ぷるぷる。

ブルゥン。

「その理論を研究するために、あのスライムが必要なのだ」

「これじゃあ、いつまでたってもラチがあかねぇ」

そう言うとフランクさんは、頭の上のルアンをよけながらトウモロコシ色の頭をかきむしった。

「きゅうっ」

ぽよん。

ボヨオン。

「あのぅ……」

終わりそうにないカリンさんとフランクさんの言い合いの中、私は遠慮がちに声をかける。

「なんだ小娘、今大事な話をしておる」

「嬢ちゃん、後でな」

「いえあの、クラウンスライムなんですけど……」

カリンさんとフランクさんは、同時に私のほうへ振り返った。

「小娘もあのスライムは生かして研究すべきだと思うだろう？」

「いや嬢ちゃんは倒そうとしてたよな」

「ですから、あの……。見てください」

そう言って、クラウンスライムを指さす。

「な……なんということだ」

「なんだ、ありゃ……」

そこには人ひとりが通れるだけのすきまを作ってくれたクラウンスライムがいる。

私が聞くと、

「ひょっとして、プルンがお願いしてくれたの？」

私が聞くと、プルンはぽよよんとジャンプした。

「やっぱりそうなんだね。ありがとう、プルン！」

プルンは跳《は》ねながら戻ってきて、ノアールの頭の上まで大きくジャンプする。

私はいい子いい子と、プルンを撫でた。

クラウンスライムは、壁にぺったりとくっついているけど、微妙にぷるぷるしている。

これって、あんまり長時間は持ちそうにない。

「プルンが頼んでくれたんです。早く通り抜けましょう」

「しかし研究が――」

「全部終わったらまた来ればいいじゃないですか」

「ちょっとだけでも観察を……」

「時間がないから、ダメです」

カリンさんが研究し始めたら、絶対に動かなくなると思う。

その間に、魔物が増えすぎちゃったら大変ですよ。

「行くぞ、カリン」

「待てっ。せめて、少し……ほんの少しだけでいいから、触らせてくれぇぇぇ」

「襲われたら面倒だぞ。却下だ」

問答無用《もんどうむよう》でヴィルナさんに引きずられたカリンさんを連れて、急いでクラウンスライムの横を通り抜ける。

私たちが通り抜けると、クラウンスライムはまた元の形に戻って通路を塞いでいた。

「プルン、ありがとう！」

私は再びノアールの頭の上に戻ったプルンを優しく撫でた。

ぷるんぷるん。

ふふっ。

喜んでくれてるみたい。

「どうなってんだ、こりゃあ」

振り返ってクラウンスライムを凝視《ぎょうし》するフランクさんの背中を、アルにーさまが軽く叩《たた》く。

「フランク、気にしたらダメだと思う」

「ええ、そうね。私もそう思うわ」

アルにーさまとアマンダさんが、なんだか私を見ながらそう断言する。

ちょっと待ってください。私は何もしてませんよ。

これはプルンのお手柄《てがら》です！

私たちは、クラウンスライムのほうへ戻ろうとするカリンさんをなだめすかしながら、どんどん先へ進んでいく。

その途中に八つ裂きピエロとか、デビルリザードといったかなり強い敵が出てきたけど、それほど苦戦することもなく倒すことができた。

邪神による妨害もなく、拍子《ひょうし》抜《ぬ》けするほどスムーズだった。

「ここらでちょっと休憩《きゅうけい》するか」

休憩するのにちょうど良さそうな小部屋を見つけたフランクさんが、部屋の四隅に塩を盛って結界を張ってくれる。

プルンも心得ていて、その塩を体に取りこんで強化してくれる。

これで、ここで休むと体力と魔力が回復するはずだ。

「フランクさんもプルンもありがとう」

私はお礼を言って、アイテムボックスから休憩用テーブルセットを取り出した。

テーブルは小さいけれど、お茶を飲むくらいなら十分だ。

オーウェン家でエンジュさんに淹《い》れてもらったままのお茶入りティーポットを出して、カップを用意する。

お茶菓子は料理長さんに作ってもらったガレットクッキーだ。料理長さん自慢のレシピらしく、バターがたっぷりでほんのりラム酒の香りがしてサクサクで、とってもおいしい。

「今のところは邪神の妨害もなくて順調ね」

今が賢者の塔の攻略中だとは思えないくらい、優雅《ゆうが》なしぐさでアマンダさんがお茶を飲む。

「最上階でのんびり待ってるんだろうよ」

フランクさんがしかめっつらをしていると、ルアンが同意するかのように「きゅう」と鳴いた。

「私のスライムが……」

ヴィルナさんに片手で首をつかまれたままのカリンさんが未練がましく部屋の入り口を見つめている。

ヴィルナさんに捕獲《ほかく》されていなければ、クラウンスライムのところへ飛んでいきそうだ。

でも一人で行ったら、途中で魔物に襲われちゃいそうだよね。

そう言って止めてるんだけど、あんまり効果がないみたい。

「にゃ〜あ」

ノアールは小さくなったままで、クッキーを食べている。

プルンにはお気に入りの蜂蜜《はちみつ》入りキャンディーだ。

ここだけ、凄くほのぼのしていて癒《い》やされるなぁ。

「でもどうしてあのクラウンスライムは攻撃してこなかったんだろうね。それにカリンがこれだけ執着《しゅうちゃく》するということは、あれは本物だったということだよね」

アルにーさまがう～んと考えこみながら腕を組んだ。

「この反応を見るとそうね。迷宮のスライムには匂いがないって、今まで見向きもしていなかったもの」

エンジュさんの淹れたお茶を堪能していたアマンダさんが、真っ赤な髪をかきあげる。

「とすると、ここは迷宮にはあたらないということかな。でも魔物を倒せばしばらくすると消えるから、迷宮の中だと思うんだけどね。一体、どうなっているんだろう」

「ここは精霊界と現世《うつしよ》の狭間《はざま》だからな」

カリンさんは瓶底メガネを、ぐいと指で押し上げた。

「カリン、そうなのかい？」

「階層によって、明らかに魔素の濃さが違う。あのクラウンスライムがいたところは精霊界に近いのであろう。ぐぬぬ。もっと観察すれば色々と分かったものを……」

「ああ。うん。帰りに研究すればいいんじゃないかな。そのほうがたっぷり時間をかけられるよ」

「む……。それもそうだな」

何だか納得したカリンさんは、じたばたするのをやめて、きちんと椅子に座り直した。

そしてテーブルの上のガレットクッキーへ手を伸ばす。

「世界は驚きに満ちている。私はまだ若木の年だが、それでもお主たちよりははるかに長い時を生きているのだ。だがこうして未知の発見がまだまだある。実に……実に、興味深い」

そっか。

エルフって凄く長生きをするから、生きるのに飽きちゃったりするのかもしれない。

その退屈を吹き飛ばすために、何か興味のあるものを持つのかも。

エンジュさんもノアールへの執着ぶりが凄いもんね。……ノアールには思いっきり避けられてるけど。

エンジュさんの知り合いのエルフも、「この世にあり得ないただ一つのもの」に執着していて、色のないスライムを作り出すために、スライムを研究している魔物研究家に投資したんだっけ。

ただその魔物研究家はゴミ処理用のスライムを作りたかったみたいで、透明なスライムはできたんだけどたくさん量産されちゃったから、そのエルフはすっかり興味をなくしちゃったのだとか。

カリンさんのスライムへのこの情熱も、エルフとしてみれば普通なのかもしれないなぁ。

第六章
青い宝箱

The Small Sage Will Try Her Best In The Different World From Lv.1!

しばらく休憩《きゅうけい》した後は、再び最上階を目指すことにした。

使ったお皿はクリーンの魔法で綺麗《きれい》にしてもらってから、アイテムボックスへ収納する。

クリーンの魔法が使えるのっていいなぁ。

私もいつか使えるようになるといいんだけど。

「おっ。また宝箱があったぞ」

行き止まりの通路の先に、いつもの赤い宝箱とは違う、青い宝箱があった。

あ。これって……。

「青い宝箱は、ランダムで現れるもので、時間が経《た》つと消えちゃいます。急いで開けてみましょう」

エリュシアオンラインに出てくる青い宝箱は、『ワンダー《さすらい》・ボックス』と呼ばれる。

なぜ「さすらい」かというと、フィールドとか迷宮にたまに現れて、出現から十分間だけその場所にある宝箱だからだ。

しかもフィールドで見つかった場合は、宝箱が出現している間であれば誰でも宝箱を開けられたから、見つけた人はワールドチャットでここにあるよ～と教えるのがマナーになっていた。

多分この宝箱は、ミミックじゃなくてその『ワンダー・ボックス』だと思う。

わあ。

エリュシアに来て、『ワンダー・ボックス』を初めて見たよ～。

「じゃあ開けてみるよ」

アルにーさまが慎重に青い宝箱を開ける。

私はもし万が一ミミックだった場合に備えて、すぐにヒールをかけられるように杖《つえ》を構えた。

ミミックのスキルである『会心《かいしん》の一撃』が出ると、瀕死になっちゃうくらいのダメージを受けてしまうから、素早《すばや》く回復しないと危険なのだ。

でも、その心配は杞憂《きゆう》だった。

ゆっくりと開いた宝箱の中には、小さな鈴が一つだけ入っていた。

「鈴？」

てっきり何か冒険に役立つものが入っているのかと思ってたけど、鈴かぁ。

鈴なんて、何に使うんだろう？

考えているうちに、アルにーさまは手に取った鈴を鳴らす。

リィイン。

軽《かろ》やかな鈴の音が聞こえる。

「普通の鈴だね」

「そうね」

アルにーさまとアマンダさんが顔を見合わせる。

「特に何も起こらねえみたいだな」

身構えていたフランクさんが、警戒を解く。

私も、いきなり何か出てきたらどうしようと思っていたから、何事もなくて安心した。

「……何か来る」

だけど安心するのはまだ早かった。

丸い耳をぴこぴこと動かしたヴィルナさんが、通路の奥を鋭く見つめる。

しばらくすると、ヴィルナさんの言う通り、魔物が走ってくる音が聞こえた。

音からすると、動物型の魔物だ。

「サイレンドッグ！」

現れたのは、よりにもよって鳴き声で他の魔物を呼ぶサイレンドッグだ。

さっきの鈴の音を聞かれちゃったのかな。

まさか賢者《けんじゃ》の塔《とう》にもいたなんて……！

三つの首が私たちの姿をとらえて、鳴こうとする。

そんなことさせないから！

私はみんなの前に進んで杖を掲《かか》げる。

「エア・ブレード！」

《スキル・エアー・ブレード、発動しました。対象・サイレンドッグ。……サイレンドッグの頭全てに命中。ダメージ率100。サイレンドッグ、消滅《しょうめつ》しました》

風の刃で三つの首を一度に落とす。

ほっ。

これで他の魔物を延々と呼ばれることはなくなったはず。

ふうって安心しようと思ったら、すぐに次のサイレンドッグが現れる。

「炎刃両断《えんじんりょうだん》」

《スキル・炎刃両断、発動しました。対象・サイレンドッグ。命中。ダメージ率33》

「水流一閃《すいりゅういっせん》」

《スキル・水流一閃、発動しました。対象・サイレンドッグ。命中。ダメージ率33》

「双剣乱舞《そうけんらんぶ》」

《スキル・双剣乱舞、発動しました。対象・サイレンドッグ。命中。ダメージ率33》

アルにーさまたちがそれぞれ一つずつ首を落とす。

あれ、でもまだＨＰが１だけ残ってる。

って。

ひいいいいいい。

どうして首がないのに立ってるのぉぉぉ⁉

首をなくしても立ってるとか、ホラーだよぉぉ。

しかもゆっくり近づいてくるし……。

やめてー。

来ないでー！

「殴《なぐ》るだけでいいだろ、これ」

最後にフランクさんがサイレンドッグを思いっきり殴ったら、ドウと音を立てて倒れた。

うわーん。

ホラーで怖かったよ～。

思わず大きくなったノアールにしがみつく。

「にゃあ」

ノアールは私をなぐさめるように体を寄せてくれた。

ちょっと心を落ち着けるためにも、ノアールをもふもふする。ついでにノアールの頭の上のプルンも、ぷるぷるしておいた。

「近くにサイレンドッグがいたなんて気がつかなかったわね」

アマンダさんが赤い髪をかきあげながら、倒れたサイレンドッグを見る。

私みたいに動揺《どうよう》してないのは、さすが騎士様なんだなぁと思う。

「この鈴の音が聞こえちゃったみたいだね。でも特に珍しい鈴ってわけでもないけど、どうして宝箱の中に入っていたんだろう」

不思議そうに鈴を見るアルにーさまに、私は、そういえば……、と思い出す。

滅多《めった》に使わなかったけど、鈴のアイテムがあったような……。

なんだっけ。

えーっと……。

私が思い出そうとしているうちに、アルにーさまは鈴を収納袋にしまおうとして、誤って揺らしてしまう。

リィン。

澄んだ鈴の音が再び辺りに響く。

でもきっともう近くにいた魔物は倒しちゃったから、音が鳴っても大丈夫だよね。

そう思って安心していたら、ドシンドシンと何か重たいものが落ちるような音が聞こえてきた。

慌《あわ》てて壁に映っている地図を見ると、何かがこっちに近づいてくる。

音から想像すると、大型の魔物っぽい。

まだここでは見たことないけど、さまよう土偶《どぐう》とかかな。確かこんな音がしてたような気がする。

さまよう土偶の攻撃って体当たりだったよね。弱点は特にないから、普通に攻撃すれば……。

「くんくんくんくんっ。匂うっ。匂うぞっ。近寄ってくる！」

いきなりカリンさんが目を輝かせて通路の奥を見る。

カリンさんがこんなに興奮するなんて……。

耳を澄《す》まして魔物がやってくるのを待ち構えていると、ドッシンドッシンと何か重たいものが落ちるような音がどんどん大きくなってくる。

そしてついに姿を現したのは——。

「クラウンスライム！」

やっぱり！

でもどうして？

クラウンスライムはこっちから攻撃しなければ襲ってこないはずなのに。

と、そこで思い出した。

「あっ。『呼び寄せの鈴』！」

「『呼び寄せの鈴』？　なんだい、それは」

アルにーさまの疑問に、クラウンスライムから目を離さないまま答える。

「それを鳴らすと、魔物を呼んじゃうんです」

『呼び寄せの鈴』は、鳴らすと近くにいる魔物を全て呼び寄せてしまうというアイテムだ。

わざわざ魔物を呼び寄せるなんて使い道がなさそうだけど、ガンガン魔物を倒してレベルを上げたい時には凄《すご》く役に立つ。

たとえば魔法使いのレベルを上げたい時に、魔法に弱い魔物しか現れない場所で使えば、簡単に魔物を倒すことができるからだ。

『呼び寄せの鈴』なんてほとんど使ったことがないから、すっかり忘れちゃってた。

「それであのクラウンスライムが来ちゃったのかな」

「多分そうだと思います」

ううう。なんでもっと早く思い出せなかったんだろう。

「別にクラウンスライムが襲ってきても、倒しゃあいいだろ」

フランクさんが腕まくりをしてニカッと笑う。

いえ、あの、フランクさんは本来は神官さんで回復するお仕事の人のはずなのに、どうしてそんなにやる気満々なんですか……。

それにクラウンスライムにはファイアー・ボールしか効《き》かないです……。

「なにっ。倒すなど許さんっ。あれは私が研究するのだっ」

「いやでも、倒さないと無理だろ」

「今度は私のマクシミリアン二世に説得させれば、必ずや――」

「だから無理だって」

フランクさんの言う通り、クラウンスライムは思いっきり私たちに向かって体当たりを――。

「ふんっ」

しようとして、フランクさんに跳《は》ね返《かえ》されてた。

ぼよおおんと、大きなクラウンスライムの体が向こうに転がる。

でもすぐにまたドシンドシンと向かってくる。

それをまたフランクさんが投げ返す。

「……これ、いつまで続くのかしら」

その様子を見たアマンダさんが呆《あき》れている。

確かに、これっていつ終わるんでしょうか。

クラウンスライムのＨＰは全然減ってないですよね。

フランクさんは体当たりされるたびにちょっとずつＨＰが削られてしまっているらしく、自分でヒールをしている。

「おおお。なるほど、こうなっておるのか。実に興味深い」

カリンさんはクラウンスライムを見て大興奮だ。

あ、もしかして、カリンさんが研究できるように、わざと攻撃が効かないのを分かってて戦ってるのかな。

フランクさんって、言葉には出さないけど、凄く優しいよね。

「嬢ちゃん、そろそろファイアー・ボールでやってくれ」

しばらくそうやってクラウンスライムの相手をしていたフランクさんだけど、そろそろいいかと、私に合図をする。

「分かりました。クラウンスライムにファイアー・ボール！」

《スキル・ファイアー・ボール、発動しました。対象・クラウンスライム。命中。ダメージ率8》

ダメージ率は8かぁ。

ってことは倒すまでに、十三回ファイアー・ボールをぶつければいいね。

「小娘っ。まだ倒してはならぬっ」

「もう十分だろ、カリン」

「まだだっ。まだ研究しつくしてはおらぬっ」

「今回は諦めろ。な？」

カリンさんは私の魔法を邪魔しようと、ゲッコーの杖を奪おうとしてきた。

「はいはい。カリンはこっちだよ」

でもあっさりとアルにーさまに阻止《そし》される。

「そうよ。フランクの言う通り、今回は諦めなさい」

「仕方があるまい」

アマンダさんとヴィルナさんに諭されても、カリンさんはジタバタと暴れている。

その間に私はクラウンスライムにファイアー・ボールで攻撃をした。

せっかくプルンががんばってくれて戦わなくても良くなってたのに……。

ノアールの頭の上のプルンを見ると、気にしないでねというように、ぷるるんと震えた。

ごめんね、プルン。

「クラウンスライムにファイアー・ボール！」

最後《さいご》のファイアー・ボールを受けたクラウンスライムは、大きく体を震わせると、まるで炎天下のアイスクリームのように、どろりと溶けてしまった。

コロンと頭に乗っていた王冠《おうかん》が転がる。

その周りに溶けたクラウンスライムが集まり、王冠の姿を隠す。

やがてそれは、コロンとした拳大の大きさの青い魔石《ませき》になった。

「ふおおおおおおおおおおお！　クラウンスライムの魔石は、こうやってできるのかぁぁぁぁぁ！」

カリンさんは床に顔をつけると、そのまま横からクラウンスライムの魔石を見る。

「はぁ。なんと美しい。このような魔石は初めて見た。見よ、奥に小さな王冠がある」

そう言われてじっと魔石を見ると、確かに小さな王冠の影のようなものが見えた。

「本当ね。このまま飾りたいくらい綺麗だわ」

「倒されてしまったのは残念だが、この魔石を研究するだけでも良いな」

そう言ってカリンさんは魔石を手に取ろうとする。

でもそれよりも先にフランクさんがヒョイッと魔石を取り上げた。

「いや、こりゃあ嬢ちゃんのもんだろ。倒したのは嬢ちゃんだしな」

ほら、と魔石を手渡される。

私が思わず受け取ると、カリンさんが凄い勢いで突撃してきた。

「きゃっ」

その衝撃で、持っていた魔石が床に落ちる。

そして、割れた。

「えっ。割れちゃった？」

魔石って結構硬くて、割れないものだと思ってた。

確かに加工したりできるんだから、ダイアモンドほど硬くはないんだろうけど、それでも落としただけで割れるほど脆《もろ》いなんて知らなかったよ。

それとも、クラウンスライムの魔石だけがこんなに柔らかいのかな。

「なんということだぁぁぁ。貴重な魔石が！　魔石がぁぁぁぁ！」

割れた魔石を握りしめて嘆《なげ》くカリンさんの肩を、アマンダさんがなぐさめるように叩《たた》く。

「カリンが落ち着いてユーリちゃんに見せて欲しいって頼めば良かったのに。割れちゃったけど、魔石はこうしてここにあるんだからそれで研究すればいいじゃない。そうね。二つになったんだから、一個を研究用に借りればいいわよ。ユーリちゃんもそれでいい？」

私は別に、全部カリンさんにあげても良かったんだけど……。

それを言う前に割れちゃったから、もう遅いんだけども。

アマンダさんはカリンさんの手から、クラウンスライムの魔石の片方を取って私にくれた。

よく見ると、王冠みたいな影があるほうの魔石だ。

その影が、少し動いたような気がする。

「？」

「にゃっ」

手の平に乗せてじっと魔石を見つめていたら、突然ノアールが私の肩に乗ってきた。

「わぁ。びっくりした～。ノアール、どうしたの？」

「にゃう」

ノアールが頭を下げると、プルンがノアールの頭の上から私の肩へと移動する。

そして魔石を持っている手の平の上にたどりついた。

「プルン？」

プルンはふるふると震えると、その魔石を飲みこんだ。

「ええっ。プルン？」

待って！

プルンが食べるのって飴《あめ》だけじゃないの？

確かに魔石と飴って似てるといえば似てるけど、体に悪いと思うの。

「プルン、だめだよ。お腹壊しちゃうよ。ペッてしなさい、ペッて」

あわあわする私とは反対に、嘆いていたカリンさんがピタッと動きを止めて、じっと私の手の平の上のプルンを見ている。

プルンの虹色に光る体の中に、青い魔石が見える。

「どうしよう。魔石なんて食べちゃったら、悪いスライムになっちゃうかも……」

思わず涙目になりながらプルンを見ていると、私の気持ちが通じたのか、プルンはやっと魔石を吐き出した。

「プルン、大丈夫？　お腹壊してない？」

プルンはぷるるんと揺れながら、つんつんと魔石をつつく。

「これはもうしまっておくね」

そう言って魔石をつかもうとしたら、ツルンと滑った。

また落としちゃう、と思って焦ったけど。

「ええっ」

クラウンスライムの魔石は、ぽよんと床の上で跳ねた。

それはもう硬い魔石じゃなくて、でもスライムみたいな柔らかい姿でもなくて、なんとなく青いグミのような形になっている。

そしてその頭の上には小さな王冠が乗っている。

「ちびっこクラウンスライム？」

一体何が起こったのかと呆然としていると、ちびっこクラウンスライムは、ぼよんぼよんと跳ねていってしまった。

「しまった！　追いかけねば！」

最初に我に返ったカリンさんが追いかけようとするけど、すかさずフランクさんに首根っこをつかまれる。

「後だ、後。ほら、行くぞ」

といっても進む方向はスライムと一緒なんだけど、駆けだしそうなカリンさんを、フランクさんが抑えながら進む。

「スライムってあんな風に増えるのかしら……」

「どうなんでしょうね」

「プルンにもびっくりしちゃったわね。……あら、そうなると、プルンはあのスライムのお母さんってこと？　つまり女の子？」

それは、どうなんだろう……。

私はアマンダさんと一緒に、首を傾《かし》げてプルンを見たけど、プルンはぷるるんと揺れるだけで、何も分からなかった。

そして発端となった『呼び寄せの鈴』は、アルにーさまが収納袋に入れて保管することにな

った。
うん。カリンさんの手に渡ったら、クラウンスライムを呼び出そうとして何度も鈴を鳴らし
そうだもんね。
賢明な判断だと思います。

第七章 タウロマキアでレベル上げ

The Small Sage Will Try Her Best In The Different World From Lv.1!

あの後クラウンスライムは、どこに行ってしまったのか、結局姿が見えなくなった。

小さなスライムがこんなに強い魔物のいる塔《とう》の中で暮らしていけるんだろうかとちょっと心配だったけど、フィールドにいる魔物以外は敵対したりしないみたい。

フィールドにいる魔物は、普通の動物みたいな生態《せいたい》をしてるってことなのかな。

そのうち進化してただの動物になっちゃったりして。

そういえば、牛の魔物のタウロスはお肉がまるで松阪牛のように絶品だから、ツノを取って大人しくなったタウロスを牧場で飼ってるんだよね。

そこで生まれ育ったタウロスからは魔石《ませき》が取れないっていうから、本当にいつかただの牛になっちゃうのかもしれない。

「あっ、ここは――」

クラウンスライムに未練を残すカリンさんを急き立てて階段を上がると、そこには狭い回廊《かいろう》が伸びていた。

タウロスの上位種であるタウロマキアの湧《わ》きポイントだ！

「どうしたんだい、ユーリ」

立ち止まった私に、すぐにアルにーさまが気づいてくれる。

「アルにーさま、タウロマキアっていう魔物を知ってますか？」

「僕は知らないけど、誰か知っているかい？」

アルにーさまがみんなを見回す。

すると暴れ疲れたらしく大人しくなったカリンさんが「知っているぞ」と瓶底メガネをぐいっと持ち上げた。

「神話の生き物だな。タウロスに似ているが、あれよりもっと大きくて強いらしい。だがなぜタウロマキアのことを聞く？」

「出るんです」

「何が？」

「だから、タウロマキアが」

「馬鹿《ばか》な。あれは神話の生き物だぞ。こんなところにいるはずが……」

途中まで喋《しゃべ》ったカリンさんは、口をあんぐりと開けて私の後ろを見る。

はっ。もしかして！

「わわわ。やっぱり。ステルス・サークル！」

タウロマキアの説明をしようと思ったら、その前に現れるなんて、タイミングが良すぎでしょ〜。

ゲッコーの杖《つえ》で地面を指すと、杖から丸い輪っかがヒュンッと出て、地面にうっすらと光る魔法陣が現れる。

「ステルスデコレーション・スパイダーウェブコート」

そう唱えると、ゲッコーの杖からもう一度光が飛んで、地面に現れた魔法陣にぴったりと重なった。

よし。これでタウロマキアの足を止められるはず。

「突っこんでくるぞ！」

アルにーさまが剣を構える。

「ユーリちゃんの魔法で止まるかしら」

アマンダさんが不安そうにステルス・サークルを見る。魔法の光は消えてしまって、もうそこに魔法陣があったかどうか、一見しただけでは分からない。

「さてね。どっちみち、倒すだけだろ」

「そうだな」

フランクさんとヴィルナさんは、余裕の表情だ。

「最初に突進してくるのを避ければそれほど怖くないです。蜘蛛の糸《スパイダーウエブコート》が効《き》けば、簡単に倒せると思うんですけど……」

そう言っているうちに、タウロマキアが迫ってくる。タウロスより一回り大きくて、鹿のような大きいツノを四本も持つタウロマキアの姿は、かなり威圧感《いあっかん》がある。

タウロスは白いものに突進してくる習性があるんだけど、気のせいかタウロマキアも私に狙いを定めてる気がする。

うまくスパイダーウェブコートに引っかかってくれれば……。

「ブモーッ」

「やった。成功！」

銀色の細い糸がタウロマキアに絡みつく。タウロマキアは逃れようと暴れるけれど、暴れれば暴れるほど、銀色の糸はタウロマキアの体を絡めとっていった。

「今のうちに攻撃です！」

「おい、カリン。こいつは本物か？」

「いや、迷宮の魔物だ」

「神話級ってことは、タウロスよりうまいかと期待してたんだがなぁ。残念だ」

フランクさん、よっぽどタウロスのお肉が気に入ってるんだなぁ。

迷宮の魔物はフィールドにいるものと違って、倒すと消えちゃいますもんね。確かに、残念です。

でもそのおかげで、レベル上げには最適なんだよね。

みんなでタウロマキアをあっさり倒す。

突進がなければ、倒しやすい魔物だよね。

よーし。ここで思いっきりレベル上げだ。おー！

「アルにーさま、しばらくここでタウロマキアを倒したいです。『呼び寄せの鈴』を出してもらえませんか？」

「いいけど……。またクラウンスライムが現れないかな？」

「現れたら、カリンさんが大喜びですよね」

「確かに」

『呼び寄せの鈴』を使っても、この階にはタウロマキアしか現れなかった。

さすがにずっと倒し続けていると疲れてしまうので休憩《きゅうけい》しながら倒していく。

ちょうどこの階には休憩するのにぴったりな小部屋があったから、そこで休んだ。

◇　◇　◇　◇　◇

「おい、嬢ちゃん。こいつは後どれくらい倒せばいいんだ？」

かなり長い時間、タウロマキアばっかり倒していたから、ついにフランクさんからクレームがきた。

ううう。

でもまだレベルがＭＡＸになってないんです……。

きっとこのまま邪神《じゃしん》と戦っても勝てない。

レベルＭＡＸになったからといって必ず勝てるとは限らないけど、それでも勝率は上がるはず。

だから何としてもここでレベルを上げておかないと……。

「あともうちょっとなんです。疲れちゃったかもしれないですけど、もう少し付き合ってください」

「……仕方ねぇなぁ。レベル、っつったか？　それが上がらないといけないいんだよな？」

みんなにはエリュシアオンラインの話をした時に、レベル制の話をしている。

魔物を倒すとそれが経験値になってレベルが上がるっていう説明は、あんまり理解はされなかったけど、熟練度みたいなものだって納得してくれた。

でもレベルが高くなると、なかなか上がらないんだよね。タウロマキアは結構経験値をくれる魔物だけど、それでもやっぱりレベルを上げるのには時間がかかるなぁ。

そんなことを考えながら倒していたからだろうか。

休憩していた小部屋に現れた『ワンダー・ボックス』を開けたら、なんと経験値二倍の香水《こうすい》が出てきた。

これを使えばきっとレベルがＭＡＸまで上がるはず！

私はさっそく香水を振りかけてタウロマキアを倒す。

おお〜。

凄《すご》い！

レベルがさくさくと上がってる！

これならきっとレベルMAXまで上がるに違いないよね。

休憩を取りながら延々とタウロマキアを倒していたら、ついに――。

レベル99になりましたー！

やったー！

ユーリ・クジョウ・オーウェン。八歳。賢者Lv.99
HP　999
MP　999
所持スキル　魔法　100
　　　　　　回復　100
　　　　　　錬金《れんきん》　100（＋）
　　　　　　従魔《じゅうま》　100

これで……。

これで邪神にも対抗できるはず。

「お待たせしました。レベルが上がりました！」

私は疲れた様子のみんなにポーションを渡して、回復してもらう。

いよいよ、上の階に挑戦です！

そう意気込んでゲッコーの杖を持ち直すと、杖についている珠《たま》からクリーム色の一筋の光が現れ、天井のほうを指し示す。

「これ……もしかして、この上の階に白虎《びゃっこ》がいる……？」

思わず天井を見上げる。

でも今までは全然光ってなかったのに……。

あっ。

もしかして、私のレベルが上がって、白虎に挑戦できるようになったから？

そこへピコーンとクエスト発生のお知らせが聞こえる。

▽クエストが発生しました。
▽レベル99になった。白虎を探してみよう。
▽クエストクリア報酬《ほうしゅう》・・・白虎の加護を得られる。
　クエスト失敗・・・賢者《けんじゃ》の塔《とう》の入り口に戻される。

▽このクエストを受注しますか？
　▽　　▽

はい	いいえ

今回のクエストは、失敗しても賢者の塔の入り口に戻されるだけってことは、何度でも受けられるのかな。

他のクエストみたいに、失敗すると取り返しがつかなくなるってわけじゃないみたい。

だって入り口に戻されても、もう一度クエストを受注してやり直せばいいんだもんね。

ってことは、成功しないと先に進めないクエストってことだ。

「ユーリ、これは？」

アルにーさまが、ゲッコーの杖から出る光の線を差す。

淡いクリーム色の柔らかな光は、まるで月の光のようにも見える。

そういえば、この『ゲッコーの杖』は、エリュシアオンラインの運営さんがお正月に配ったおみくじ箱から『大吉』が出て手に入れた杖だっけ。

『大吉』といっても、大当たりの『月光の杖』じゃなくて、ただのオシャレ装備の『ゲッコーの杖』が出て、がっくりしちゃったんだけどね。

私が欲しかった『月光の杖』には攻撃力が一・五倍になる効果があって、ゲームの中でも三人しか持ってないってことだった。

おみくじ箱は、最初の三箱はタダで配られて、もっと欲しい人は課金して買えた。

杖以外にも装備が出たから、みんな結構課金してたけど『大吉』はなかなか出なかったなぁ。

比較的、剣とか靴は出やすかったのに、杖を出した人はほとんどいなかったんだよね。

……って。

ほとんど、いない？　そういえば私の他に『ゲッコーの杖』を持ってる人なんていたっけ。

ううん。いなかった。

エリュシアオンラインで私が所属していたギルドのトップであるセシリアさんが、「誰も持ってないレア中のレアなのに、ただのオシャレ装備だなんて残念だわ」って笑ってなかったっけ。

私は手にしたゲッコーの杖をまじまじと見る。

杖の先にある球の中には、ギョロリとした目を持つヤモリが眠っている。最初ははっきりとした姿じゃなかったけど、玄武《げんぶ》がくれた珠を食べてから、こんなにはっきりした姿になったんだよね。

そして迷宮の地図を壁に映せる、プロジェクションの魔法を使えるようになった。

もしかして、ゲッコーの杖も大当たりのアイテムだったりして……。

だとするとこの杖は、ハズレじゃなくて『月光の杖』以上の大当たり⁉

「これは白虎の位置を示しているんだと思います」

「そういえば、朱雀《すざく》がそんなことを言っていたね」

「じゃあ、この上に白虎がいるってこと？」

「そうなります」

アルにーさまとアマンダさんに説明すると、カリンさんが「珍《めずら》しいスライムのいる場所も教えてくれればいいのにな」と呟《つぶや》く。

「カリンしか欲しがらないだろ」

フランクさんが呆《あき》れたように言うけど、カリンさんは全然気にしない。

「しかし、朱雀がそのような機能を杖につけられるのならば、私の神楽鈴《かぐらすず》に珍しいスライムを探せる機能をつけてくれるように白虎に頼んでみよう」

「……朱雀が協力的だったからといって、白虎もそうとは限るまい」

ヴィルナさんも、カリンさんに同意はしないみたいだ。

「そうか？　今までの四神獣《ししんじゅう》は、どれも我らに協力的だったではないか」

協力的？

でも、戦わなかったのは朱雀だけだよ？

「リヴァイアサンも玄武も、我らの力量を計《はか》っただけであろうよ」

「だけど負けていたら死んでいたと思うよ」

アルにーさまが反論すると、カリンさんは肩をすくめた。

「あの程度で倒れるようなら、目に留める価値もないということであろうよ。手加減などするはずもない。……なるほど、そうか。この賢者の塔で邪神と戦うために力量を試されたということか。ならばやはり、私の願いくらいは聞いてくれそうだな」

うんうんと勝手に納得したカリンさんは急にやる気を見せる。

巫女服《みこふく》の裾《すそ》をひるがえして、先頭に立つ勢いだ。

それを慌《あわ》ててヴィルナさんが追いかける。

ヴィルナさんって面倒見がいいなぁ。すっかりお世話係になってるけど、案外気が合ってるのかも。

そういえば、カリンさんの知り合いにエリュシア一お酒が好きなエルフがいるからって、おいしいお酒の情報をヴィルナさんに教えてあげてたっけ。

ということは、持ちつ持たれつの関係なのかも。

この階の魔物は全て倒しちゃってるから、カリンさんが先走っても問題はない。

階段の前で追いついたヴィルナさんは、カリンさんの腕を取って私たちを待っていた。

「この中で一番年をくってるのに、嬢ちゃんよりお子様だな」

ぶつぶつと文句を言うフランクさんに、アルにーさまが苦笑する。

「カリンだからね。仕方ないよ」

「そうやって甘やかすから、いけねぇんだと思うがなぁ」

「きゅっ」

……ルアンにまで同意されてる。

ルアンは罠が見当たらないからか、もう先頭を歩くのはやめてフランクさんの頭の上の定位置に乗っている。

色褪《いろあ》せたトウモロコシ色の金髪の上にピンクの子うさぎがいるのは、普通は違和感があるんだけど、この姿を見慣れちゃってるからフランクさんの頭の上にルアンがいるのが当たり前になっちゃってるんだよね。

でも、邪神と戦うのに、ルアンとプルンも一緒だと危なくないかな……。カリンさんと一緒にいてもらえばいいかな。

階段を上ると、そこは迷路になっていた。

人が一人歩くのがやっとという幅の通路が目の前に現れ、突き当たりで二又《ふたまた》に分かれている。突き当たりまで行って左右の通路を見ると、右手の通路の先に扉があり、左手の通路の先にはまた分かれ道があるようだ。

でも、プロジェクションで地図を映し出せる私たちにとっては、ボーナスステージだよね。

「えーっと、こういう時は右回りで行くといいんでしたっけ。それとも左回り？」

確かどっちかだった気がするんだけど、と思いながら分かれ道の真ん中に立つ。

「アルにーさま、どうしましょう」

「そうだね。……ルアンはどっちがいいと思う？」

「きゅっ？」

アルにーさまに聞かれたルアンは、少し首を傾げた後、右側の通路にツノを向けた。

あっ。またちょっとツノが育ってるみたい。

きっとルアンは成長期なんだね。

「ユーリの杖はどこを向いているかな？」

「えーっと。あっ、ルアンと同じ右です」

ということは、この先に白虎がいる……？

「じゃあ右から行こう」

右側の通路の先には扉がある。

何も考えずに開けると、こういう迷宮とかの中だと罠が仕掛けてあることがあるから、身体能力が高くて罠の解除もできるヴィルナさんが先頭に立つ。

「カリン。この先に白虎の気配はあるか？」

ヴィルナさんに聞かれたカリンさんは、首を横に振った。

「何もおらぬな」

「そうか」

ヴィルナさんは丸い耳をぴこぴこさせながら、そっと扉を開ける。

「伏《ふ》せろっ」

その声で、一斉に頭を下げる。

数本の矢が、私たちの頭上を飛んでいった。

あ、あっぶなーい。あのままだったら刺さってた。

心臓がバクバク言ってるよ。

「にゃあ」

同じように伏せているノアールが心配そうに私を見る。

「大丈夫だよ。ちょっとびっくりしただけ」

罠があるかも、とは思ってたけど、実際にこうやって矢が飛んでくるとびっくりするなぁ。

ヴィルナさんは、そろりと扉をくぐる。

そして部屋の中を見回すと、くるりと振り返った。

「もう大丈夫だ」

それを聞いたフランクさんは、落ちた矢を拾って矢じりを確かめる。

「毒は塗ってねぇみたいだな。迷宮としては、それほどひねくれてはいねぇ。こっちとしちゃ、助かるこった」

確かにここは玄武のいた土の迷宮みたいに複雑な迷路にはなってない。

作りとしては単純なほうなんだろう。

「賢者の塔は普通の迷宮とはちょっと違うのだろう。普通であればこれほど多くの階層を持つ迷宮であれば迷路は複雑になるものだが、そういった底意地の悪い仕掛けはないしな。出てくる魔物はそれなりに強いが」

カリンさんが言うには、成長してたくさんの階層を持つダンジョンの場合は、様々な仕掛けがしてあって、例えば今みたいな場合だと、矢には毒が塗ってあることがほとんどなんだって。

矢を避けたと思っても、通路の下から致死性《ちしせい》の煙が噴き出すこともあるのだとか。

それ、どうやって避ければいいんだろうね……？

小部屋の中にはもう一つ扉があった。

ヴィルナさんが慎重に扉を開ける。

今度は矢が飛んでこない。

この部屋にも扉があった。

もう一度、それを開ける。

するとそこには今まで通ってきたのと同じような部屋があった。

「……何かおかしい」

ヴィルナさんは部屋を見回してそう呟く。

「戻ろう」

そう言って戻ったけれど、今度は何回扉をくぐっても、最初の通路には出なかった。

ただ延々と、扉が二つある小部屋が続くだけだ。

最初の矢が飛んできた部屋も、なくなっている。

「どういうことだ……」

アルにーさまが難しい顔をして二つの扉を交互に見る。どちらも特に違いはない。

「まるで同じところをグルグル回ってるみたいね」

アマンダさんも部屋を見回して怪訝《けげん》そうにしている。

「……ふむ。これは無限回廊《むげんかいろう》かもしれんぞ」

扉に近寄って調べていたカリンさんが、腕を組んだ。

「無限回廊?」

思わず聞き返す。

どこかで聞いたことがあるような……。

あっ。思い出した！

賢者の塔でごく稀《まれ》に発生する現象で、ずっと同じ所をぐるぐるして出られなくなっちゃうんだっけ。

確か矢が飛んでくる部屋がスタートで、そこから決まった数の扉をくぐるんだけど……。

えーと、なんだっけ。

ランダムじゃなくて決まった回数なんだよね。

うーん、うーん。

そうだ。ゲームを作ったプロデューサーの誕生日だ！

「アルにーさま、ここを出るには扉を出る回数が決まってるんです。まずは最初に矢が飛んでくる部屋に行きましょう」

アルにーさまが頷《うなず》く前に、フランクさんが私の顔をひょいっと覗きこむ。

「嬢ちゃん、ここの抜け方が分かるのか？」

「多分……？」

「おいおい、大丈夫かねぇ」

「にゃう」

私の代わりに、ノアールが大丈夫だよと太鼓判《たいこばん》を押してくれた。

えへへ。

ノアール、後押ししてくれてありがとう。

「このままじゃずっと同じ場所をさまようだけだから、ユーリちゃんの言うとおりにしてみましょう」

「同意する」

「ふむ」

アマンダさんとヴィルナさんとカリンさんも同意してくれたから、まずはどんどん前に進んで、矢が飛んでくる部屋を見つけなきゃ。

「ヴィルナさん、矢が飛んでくる部屋を見つけてください」

「分かった」

矢が飛んでくる可能性を考慮《こうりょ》しながら、何回も扉を開けて進んでいく。

そしてついに、矢が飛んでくる罠のある部屋に遭遇《そうぐう》した。

「ここだな」

さすがに矢が飛んでくるって分かってたら、避けるのも難しくない。

難なく避けて、小部屋に入った。

例のプロデューサーの誕生日は……えーっと、三月二十六日だったよね。

だから、前に三回、後ろに二回、それからまた前に六回進んで、扉をくぐればいいんだね。

「これで、出られるはずです」

最後の扉の前に立つ。

するとヴィルナさんがまた耳をぴこぴことさせる。

「……この奥に何かの気配がする」

するとカリンさんがそれに同意した。

「白虎の気配がするぞ」

「この先にいるのかい？」

アルにーさまが確認を取ると、カリンさんは「少しばかり気配がおかしいが、白虎だと思うぞ」と答える。

その言葉に、一斉に緊張が走る。

私とフランクさんは致死性のガスが出てきた時のために、少し離れてキュアを飛ばす用意をした。

致死性といっても、即死するほどの毒が出てくるわけじゃないから、すぐにキュアで解毒《げどく》すれば大丈夫だ。

「開けるぞ」

ヴィルナさんが少しずつ扉を開ける。

すると、物凄い悪臭が漏れてきた。

なんだろう。

「今まで嗅いだことがないくれえの死臭だな。本当にこんなところに白虎がいるのか？」

フランクさんの言葉に、慌てて息を止める。

白猫ローブの袖《そで》で鼻と口を覆《おお》って、そっと扉の向こうを窺《うかが》うと、そこには広い空間が広がっていた。

紫色の毒々しい靄《もや》が充満していてよく見えないけど、その奥に何かがいる。

「アンデッドだな」

私の横でフランクさんが目をすがめる。

「墓もねえのに、こんなとこに現れるとは。……ヒールで倒せるんだったよな」

靄の中から、それがゆっくりと姿を現す。

フランクさんの言う通り、アンデッドだ。

ゆらゆらと揺れるボロ布のような塊の上に、骸骨《がいこつ》の顔が乗っている。

その数は三だ。

大きな剣を持つ人と、細い剣を持つ人と、杖を持つ人。

彼らの持つ武器は赤黒く光っていて、禍々《まがまが》しい気配を漂《ただよ》わせている。

「オオオォォォ」

私たちを認めて、アンデッドの目が赤く光る。

「癒《い》やしの風よ汝《なんじ》に集《つど》え、アンデッドにヒール！」

「アンデッドにヒール！」

普通のアンデッドなら、一回のヒールでほぼ倒れる。

でも、そのアンデッドたちは倒れなかった。

《スキル・ヒール、発動しました。対象・アンデッドファイター。命中。ダメージ率5》

《スキル・ヒール、発動しました。対象・アンデッドウォリアー。命中。ダメージ率5》

「ちっ。こいつらには、あんまりヒールが効かねぇな」

ヒールでダメージを与えられずに、フランクさんが悪態《あくたい》をつく。

大剣を持ったアンデッドファイターが大きく剣を振りかぶる。それをアルにーさまが受け止めた。

ガキィンと音がして二つの剣が切り結ぶ。

「水属性が効くといいけど。水流一閃《すいりゅういっせん》」

《スキル・水流一閃、発動しました。対象・アンデッドファイター。命中。ダメージ率8》

「コツコツ削《けず》っていきましょ。炎刃両断《えんじんりょうだん》！」

剣に炎をまとわせたアマンダさんが、片手剣を持ったアンデッドウォリアーに切りかかる。

《スキル・炎刃両断、発動しました。対象・アンデッドウォリアー。命中。ダメージ率10》

やっぱりアンデッド相手だと、水属性より火属性のほうが、効果があるみたい。

ヒールと火属性の魔法だと、どっちが効果あるんだろう。

そうだ。高レベルの範囲魔法が使えるようになったんだから、それを使えばいいよね。

《火属性》　ファイアー・ボール　ファイアー・クラッシュ　アフター・バーナー　紅蓮《ぐれん》の炎
「紅蓮の炎、いっ――」

「ダーク・ヒール」

一気に殲滅《せんめつ》しようと思ったら、杖を持ったアンデッドがしわがれた声でアンデッドたちを回復する。

「おいおい、回復までするのかよ」

「一気に殲滅します！　みんな下がってください。アンデッドたちに紅蓮の炎、いっけー！」

ゲッコーの杖をふりかぶると、大きな炎の渦が巻き起こる。

そしてアンデッドたちを炎の中に閉じこめた。

《スキル・紅蓮の炎、発動しました。対象・敵パーティー。命中。……敵パーティ、消滅《しょうめつ》しました》

「やったー！　これで向こうに行けますよ」

「いや、まだだ」

剣を構えたまま、アルにーさまが水色の目を鋭くして前方を睨《にら》む。

「オオ……オオオォ」

それは人間の心の奥深く、魂の底にねっとりと絡みつくような、重苦しい声だった。

一声聞いただけで動けなくなってしまいそうなほど、おぞましく禍々しい。

ゆらりと姿を現したアンデッドは、倒したアンデッドよりも一回り大きく、頭に王冠《おうかん》を乗せて錫杖《しゃくじょう》のようなものを持っている。

「あれは……アンデッドキング！　まさか……魔物の王がこんなところに現れるはずがない。それにあいつは団長が倒したはずだ」

アルにーさまの目が驚愕《きょうがく》に見開かれる。

「アンデッドキングって……八年前に倒されたはずじゃないんですか」

一年にも及ぶ長い魔の氾濫《はんらん》の中、アンデッドの王を倒したのはまだ十六歳のレオンさんだった。そのおかげで魔の氾濫が終わったんだって聞いたけど……。

私がびっくりしていると、フランクさんの緊張している声が聞こえる。

「確かに倒した。そのはずだ。……だがあれは、紛《まぎ》れもなく、倒したアンデッドキングそのものだ……」

「同じように見えるアンデッドキングっていうだけじゃないんですか？」

「ああ。あの王冠と錫杖は奴のもんだ。散々苦しめられたからな。俺たちが見間違えるわけがねえ」

つまり、アンデッドキングは個体ごとに王冠と錫杖の形が違うってことだろうか。

確かに生前の姿を残したままアンデッドになるわけだから、そうなるのかも。

「亡者タチヨ、復活セヨ」

アンデッドキングが錫杖を掲《かか》げると、倒したはずのアンデッドがむくりと起き上がった。

「嘘……」

せっかく倒したのに、復活しちゃった。

「我ガシモベタチヨ、我ニ応エヨ」

それどころか、スケルトンとかゾンビを次々に召喚《しょうかん》する。

うえええええ。

スケルトンはまだ骸骨だから何とかなるけど、お肉が腐ってるゾンビはきついよぉぉぉ。

なんだかドロリとしているゾンビはなるべく見ないようにして、もう一度範囲魔法を放つ。

「アンデッドキングに紅蓮の炎！」

アンデッドキングを中心に、炎の渦が巻き起こる。

「みんなまとめて、燃えちゃえー！」

レベルＭＡＸの私の火魔法だから、さすがのアンデッドも倒れて……。

ない⁉


「えええええっ」

だってアンデッドは即死するくらいのダメージを与えられる魔法なのに、アンデッドキングにはあんまり効いてない。

これじゃまた復活させられちゃう。

「亡者タチヨ、復活セヨ」

それだけじゃない。アンデッドキングは次々に新しくアンデッドを召喚していく。

「我ガシモベタチヨ、我ニ応エヨ」

これじゃ、倒しても倒してもキリがないよ。

召喚しているアンデッドキングを倒さないとダメだ。

でも強いんだよね。

「アルにーさま！」

私の呼びかけにアルにーさまが頷く。

「コール召喚《サモン》・リヴァイアサン！　アンデッドキングに大海嘯《だいかいしょう》！」

《召喚獣リヴァイアサン、大海嘯で攻撃》

「アンデッドキングにアフター・バーナー！　いっけぇぇぇぇぇぇぇぇ！」

ロケットを噴射《ふんしゃ》した時のような青白い炎が、轟音《ごうおん》と共にアンデッドキングに向かう。
《大海嘯とアフター・バーナーのハイブリッド攻撃確認。灼熱炎獄《しゃくねつえんごく》の発動》
《命中しました。アンデッドキングにダメージ率70》
「これでも倒れない⁉」
焦っていると、アマンダさんが切りかかるのが見える。
「炎刃両断」
《スキル・炎刃両断、発動しました。対象・アンデッドキング。命中。ダメージ率5》
「双剣乱舞《そうけんらんぶ》」
《スキル・双剣乱舞、発動しました。対象・アンデッドキング。命中。ダメージ率3》
「亡者タチヨ、復活セヨ」
けれども倒しきらないうちに、アンデッドプリーストが回復を唱える。
「ダーク・ヒール」

あれだけ削《けず》ったのに、アンデッドキングのＨＰが全回復してしまった。

アンデッドキングが錫杖を高く掲げる。

「気をつけろ！　毒を吐くぞ！」

アルにーさまが下がりながら叫ぶ。

アンデッドキングは大きく口を開き、毒の息を吐いた。

《敵の攻撃被弾。猛毒によるＨＰ減少の継続中》

猛毒の息で、みるみるうちにみんなのＨＰが減っていく。

解毒とＨＰの回復をしなくちゃ！

「パーティー・ヒール。私にキュア、アルにーさまにキュア、アマンダさんにキュア。もう一度パーティー・ヒール」

「自分にキュア。ヴィルナにキュア、カリンにキュア」

全員がダメージを受けた時は、まず回復役を先に回復させるのが大切だ。だって回復役がいなくなったら全滅しちゃうもんね。

それにしてもアンデッドの数が多すぎる。

「紅蓮の炎！」

「亡者タチヨ、復活セヨ」

火属性の範囲魔法で倒れるけど、さすがにキリがない。

どうしたら……。

「そうだ、アマンダさん、朱雀から加護をもらってますよね？」

「ええ」

「どんな加護ですか？」

「炎極火焔《えんごくかえん》、としか書いてないのよ。だからどんな加護なのかさっぱり分からなくて」

「火に関係するなら、アンデッドキングにも効きそうです。使ってみましょう」

「分かったわ」

アマンダさんは胸の中心に手を当てる。

「コール召喚・朱雀。アンデッドキングに炎極火焔」

アマンダさんがそう言うと、空中に朱雀が現れた。

音楽のような鳴き声を上げると、火の粉を撒きながらくるんと一回転する。

《朱雀、召喚》

《召喚獣朱雀、炎極火焔で攻撃》

朱雀は大きく羽を広げると、無数の羽根をアンデッドキングたちに飛ばした。

突き刺さった羽根は魔法陣を描き、そこから真っ赤に燃える原始の炎が生まれた。

「オオォォォ……」

アンデッドキングたちが原始の炎に包まれる。

原始の力に満ちた真っ赤なマグマそのもののような炎が、やがて優しく穏《おだ》やかなオレンジ色の炎へと色を変えてゆく。

徐々に黄色味を帯びてきた炎は、目に眩しい白色となり、遂には青白い浄化の炎となった。

「これが、炎極火焔……」

私はどうして朱雀がアマンダさんに加護をあげたのか、分かるような気がした。

厳しくも優しい炎は、まるでアマンダさんそのもののようだ。

「アンデッドを倒しても土くれになっちまうだけだが……こりゃあ……」

フランクさんが感嘆しながら、浄化の炎を見つめる。

「神官の十八番を取られちまったな」

浄化の炎に包まれたアンデッドキングたちが、徐々に元の姿を取り戻しつつある。

青白い肌にとがった耳。

彼らは、私がこのエリュシアで初めて見る、魔族だった。

「……ヲ……祈リヲ……タノ……ム」

アンデッドキングとなっていた魔族が、青白い炎の中、錫杖を持っているのと反対の手を私たちに伸ばす。

「我ラノ……魂……ヲ……タノム……スク……ッテ、クレ……」

「魂を救えだと？」

一歩前に出たフランクさんを、アンデッドキングの空洞《くうどう》になったままの眼孔《がんこう》が捕らえる。

「ソウダ……我ラハ……天罰ヲ受ケ、八年モノ長キ間、コノ無限回廊ヲ、彷徨《さまよ》ッタ……」

アンデッドキングの言葉が、少しずつ滑らかになる。

「コノ炎ニ、包マレテイルウチハ、姿ヲ保テルダロウガ、炎ガ消エ失セレバ、マタ、アンデッドトシテ復活シテシマウ」

「天罰を受けるなんて、お前たちは何をしでかしたんだ？」

「頼ム……。魂ヲ救ッテクレ」

その問いには答えず、アンデッドキング……ううん、かつて魔族だった人は、そうフランクさんに懇願《こんがん》した。

でもフランクさんは険《けわ》しい顔をしたまま、首を縦には振らない。

「フランクさん、お願い。助けてあげて！」

「……神に背いたものを助けろっていうのか？」

「救われたいと思う人を救ってあげるのが神官ですよね」

そんなやり取りをしているうちに、浄化の炎が弱くなっていく。

「フランクさん！」

「……ちっ。救えるかどうか分からねぇが、祈りを捧げてやるぜ」

そう言って、フランクさんは朗々とした声で神様に祈りを捧げる。

神のみもとに招かれし人よ
さすらう間に日は暮れ落ちて
天を望む夢を見る
心正しく優しく美しい人よ
神の御使《みつか》いに招かれて
導かれし道を歩め
現世《うつしよ》を離れて天翔ける日きたれば
近く神のみもとへ行きて
神の下で安寧《あんねい》を得る

余韻を残しながら、フランクさんの祈りの言葉が終わる。

でも祈りを捧げ終わると同時に、浄化の炎は消え去ってしまった。

アンデッドキングたちの体が、灰になって崩れ落ちる。

「くそっ。間に合わなかったか……！」

フランクさんが肩を落とすと、ヴィルナさんが「よく見ろ」と灰の山を指差す。

すると、その灰が段々と人の形になっていく。

「フランクの祈りが通じたね」

アルにーさまが、フランクさんの肩をポンと叩《たた》く。

「ああ」

見守るフランクさんの前で、アンデッドだったものたちは、薄く透けたような姿で復活する。

「祈りの塔に挑みし勇敢なるものたちよ。我らの魂を救ってくれて、心より感謝する。これで静かに眠ることができる」

なめらかに話すのは、青白い肌に黒い髪、赤い目を持つ魔族の青年だ。その頭にはアンデッドだった時と同じく王冠をかぶり、魔石を散りばめた錫杖を持っている。

「一体なんだってそんなことになった？　八年前に魔物の王になったのは、お前だろう？」

フランクさんの言葉に、青年は視線を落とす。

「魔物の意識に飲まれて記憶がはっきりとはしないが……。確かにそうだ」

「確かに倒したはずなのに、どうして復活している？」

「我らは死すべき運命を許されていない。永劫《えいごう》の苦しみを繰り返すのみだ」

「……謎かけごっこをしてるわけじゃねえぞ。もっと分かるように説明しろ」

フランクさんが苛立たし気に腕を組んだ。

すると王冠をかぶった青年は、仲間の魔族に視線を向けた。

「最初から説明しよう。我々は……そうだな。『愚者の楽園』という名のパーティーを組んでいた冒険者だった」

「何だって？　お前たちが『愚者の楽園』のメンバーだったのか！」

驚くフランクさんが、私たちに説明をしてくれた。

『愚者の楽園』はあまり自国から出ない排他的な一族である魔族だけで構成されていて、スケルトンやリッチなどの屍を使役する死霊使い《ネクロマンサー》がリーダーを務めるという、非常に珍しいパーティーだった。

滅多に人の前に姿を現さず淡々と冒険者ギルドの依頼をこなした彼らは、あっという間にSランクパーティーへと昇りつめた。

だが魔の氾濫を機に一切その名前を聞かなくなったことから、一年に及ぶ戦いの中で魔物に殺されてしまったのだろうと噂されていた。

「確かに『愚者の楽園』のリーダーがアンデッドキングになっちまったって噂はあったが……本当だったとはな」

「愚かだったのだ……何もかも。そして自らの力に驕《おご》って、神の怒りを買ってしまった」

「何をやらかした?」

「我らは権力闘争に負けて魔皇国《まこうこく》から追放されて、生きるために冒険者になった。そしてある時、インペリアルタイガーの変異種を倒した。強大な敵で勝てるとは思えなかったのだが、何とか倒し……それから、今まで以上の力を得ることができたのだ」

インペリアルタイガーは、サーベルタイガーのように大きな牙を持つ虎の魔物だ。

もしかして……。

「あー。もしかしてそのインペリアルタイガーは白くなかったか?」

「その通りだが……」

「魔族が強いのは知ってたが、知らずに白虎を倒しちまってたってわけか」

やっぱり、話の流れからしてもインペリアルタイガーじゃなくて、白虎だよね。

四神獣のうちの一柱である白虎をあっさり倒しちゃうなんて、魔族ってどれだけ強いの。

「ビャッコ？」

「ああ。こっちの話だ。んで、そのインペリアルタイガーは加護をやるって言ってなかったか？」

「いや。そのような会話はなかった。ただ殺し合って我らが勝っただけだ。そしてその時に武器と防具を得た」

なるほど。白虎を倒した時に、武器と防具がドロップアイテムとして残ったってことかな。

エリュシアオンラインでもダンジョンのボスを倒すと『アーティファクトなんちゃら』っていう名前の武器とか防具がドロップすることがあるんだけど、それと同じようなものかもしれない。

私も月の女神からゲットした『アーティファクト・ルナリア』の装備を全部揃《そろ》えてるけど、即死ガードがある宝箱からゲットした白猫ローブ・改のほうが優秀かな。

「力を得た我らは、それ以上の力を求めた。神がこの世界を創る時に使った『天命の石板《タブレット》』を探すようになったのだ」

『天命の石板』！

こんなところでも名前が出てきてる。

「朱雀がその行方を示すということを突き止め、その朱雀がこの祈りの塔にいると聞き、祈りの塔のある場所を探し求めた。やっと手がかりを得て、塔に入るための鍵《かぎ》を集め、魔皇国からドワーフ共和国、ウルグ獣王国《じゅうおうこく》、アレス王国、エルフの国、そしてノブルヘルムを抜けて、この祈りの塔にたどり着いた」

そこで魔族の青年は言葉を切った。

「勇敢なるものたちよ。神を超えるにはどうすればいいか、知っているか？」

「神を超えるだぁ？　そんな馬鹿なこと――お前、まさか」

フランクさんが信じられないものを見るような目で魔族の青年を見る。

それに青年はうっすらと笑って答えた。

「神を殺す。ただそれだけだ」

第八章
白虎の加護

The Small Sage Will Try Her Best In The Different World From Lv.1!

「ふざけるのもいい加減にしろ！」

怒ったフランクさんが拳を固く握りしめる。

でも実体《じったい》を持たない相手を殴《なぐ》ることはできない。

「この塔《とう》がなぜ祈りの塔と呼ばれるか知っているか？」

「……あまたの苦難を乗り越えて祈りの塔に至るものよ。神の栄光を賜《たまわ》らん」

「そう。聖典の一節《いっせつ》だ。だからここに来れば、神に会えると思った」

そう言って、魔族の青年は広間の中を見回す。

そして物言わず立ったままのかつての仲間たちに目を向け、痛みをこらえるような顔をした。

大剣を持つ筋肉隆々《きんにくりゅうりゅう》とした剣士、細身の剣を持つ細身の騎士、そして杖《つえ》を持つ青いローブを来た神官。

彼らは青年とは違い、虚《うつ》ろな表情をしたままだ。

もしかしてアンデッドになっていた時間が長くて、それで感情を失くしてしまったんだろうか。

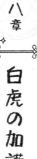

「祈りの塔にたどり着くまでに、色々なことを知った。……知りすぎた。君たちは、なぜ魔の氾濫《はんらん》が十年という決まった周期で現れるのか、知っているか？」

「そりゃ、そういうもんだからだろうが」

「そう。我々もそう思っていた。だが魔の氾濫が起こるのは、アレス王国やウルグ獣王国《じゅうおうこく》がほとんどだ。精神体の集合であるノブルヘルムはともかく、エルフの国や数の少ない魔皇国《まこうこく》ではほとんど発生しない」

「それがどうしたんだよ」

「魔の氾濫は、神が我らの数を調整するためのものだ。つまり……増えすぎた種族を間引くために起こしているんだ」

「何を世迷いごとを言ってるんだ。神がそんなことをするわけがないだろう」

「したのさ、実際。そして今は、魔の氾濫の周期を早めて、エリュシアを滅《ほろ》ぼそうとしている。我らはそのために、死することなく、永遠の苦しみを与えられた。来るべき日の、災いとなるように」

魔族の青年の話は信じられないものだった。

魔の氾濫が、種族の数を調整するためのものって……。

でも確かにそう考えれば辻褄《つじつま》があう。

このエリュシアで人が住める場所は限られていて、魔の氾濫がなければ繁殖力《はんしょくりょく》の高い人族と獣人族はどんどん数を増やしていくだろう。

でも、だからって、わざわざ魔の氾濫を起こして数を減らすなんて――！

「神は死に、そして変異した。変異した神を倒すために、これを……。我らには使いこなせなかったが、あなたたちなら……」

そう言うと、魔族の青年の姿が消えていく。

他の三人は、完全に消え去る前に、ほんのわずかに表情を取り戻す。ゆるゆると伸びる手は、魔族の青年に向かった。

四人は互いの手を取り、微笑《ほほえ》み合い……。

そして、消えた。

「待て！　どういう意味だ！」

フランクさんが駆け寄るけれど、そこには彼らが身につけていた武器と防具が残されただけで、灰は一つも残っていなかった。

――魂が浄化されたのだ。

「見てください！」

私は、ゲッコーの杖から伸びる光を指す。

それは、銀色に輝く武器と防具に向かっていた。

「きっとその剣と鎧《よろい》には、白虎《びやっこ》の力が秘められているんだと思います」

加護はどうだろう。

あるに決まってるよね！

「ふむ。呪われてはおらぬようだな」

残された武具を調べたカリンさんが、細身の剣をアルにーさまに渡す。

「ほれ。これはアルゴと相性《あいしょう》が良い。ほのかに水の加護を感じるからな。こっちの大剣はアマンダか。とすると、アンデッドウォリアーの装備はアルゴ、アンデッドファイターの装備はアマンダが使うと良いだろう。こっちのアンデッドプリーストの装備は……うむ、フランクだな。アンデッドキングの装備は……ううむ、これは私かの。ん？　これは？」

何かを見つけてしゃがんだカリンさんが、動物の牙のようなものを拾う。

「これは、ヴィルナだな。ほれ」

三十センチほどの長さの牙を放り投げられて、ヴィルナさんが片手で受け取る。

すると、それはみるみるうちに大きくなり、ヴィルナさんの右腕に絡みついた。

そして突然、どこからともなく、獣の咆哮《ほうこう》が聞こえてきた。

「ぐるぅぅぅ」

すぐに戦闘態勢を取るノアールが、ヴィルナさんを警戒する。

「我が名は白虎。この身は精霊界に戻れど、加護の依《よ》り代《しろ》を残す。風の民よ、精霊界より我を召喚《しょうかん》せよ。我の名は、白虎」

《召喚スキル・白虎を獲得しました》

「えっ。白虎⁉」

突然のことに、みんな呆気《あっけ》にとられてしまう。

▼クエストを完了しました。

▼レベル99になった。白虎を探してみよう。

▼クエストクリア！

白虎の加護を得られた。

▼連続クエストを完了しました。

▼賢者《けんじゃ》の塔の最上階へ向かおう。

▼クエストクリア！

邪神《じゃしん》に対抗しうる装備を得た。

あ……。クエストが完了してる。

本当にこれで白虎の加護をもらえたんだ。

しかも邪神に対抗できる装備ってことは、即死ガードがついてるんだよね。

やったー！

最初に我に返ったのは、カリンさんだった。

「なるほど、風の民とはすなわち、獣人のことか。なるほどなるほど。つまり獣人でないあやつらには、加護が渡らなかったというわけだな。実に興味深い。しかし、白虎は既に現世《うつしよ》におらぬのか。……ううむ。残念だ。しかしこれで四神獣《ししんじゅう》の加護が全て揃《そろ》ったな」

ほんとだ。

魔族の人たちに白虎が倒されちゃってたから、もう白虎の加護はもらえないかと諦めてたけど、ちゃんと揃った。

これで……。

これで邪神を倒しに行ける！

「行きましょう、みんな。エリュシアを救いましょう」

そう宣言して、いつの間にか晴れ渡っていた部屋の向こうにある扉を見る。

いよいよだ。

装備を身につけて、扉へ向かう。

いつもは無口なヴィルナさんが、感慨深く呟《つぶや》く。

「不思議だな。ただ単に迷子の少女を家に戻すために賢者の塔に向かっていたはずが、いつの間にか神と対峙《たいじ》することになって、遂にはエリュシアの命運を担《にな》う役目を負った。もしかしたら、私たちは何か目に見えない力に導かれているのかもしれんな」

「なに神官みてぇなこと言ってるんだよ」

フランクさんが呆《あき》れたように言うと、ヴィルナさんはふっと目元を和《やわ》らげる。

「だが、そう思わないか？　何もかもが、一筋の道のように整っている」

「まるで預言者だな」

そう言って笑ったフランクさんが、急に立ち止まって上を見る。

「気をつけろ！」

今まで何の変哲もなかった天井が、ぐにゃりとゆがんだ。

天井は白から灰色へ色を変えて、波打つように揺れる。

そして墨を落としたような黒い染みが中央に生まれると、そこから黒い渦ができた。

「なんだこりゃあ」

黒い渦は天井いっぱいに広がり、真ん中に大きな穴ができる。その穴は、どんどん広がっていき、ついには天井だった場所が無数の星がきらめく宇宙《そら》に変わってしまった。

「星が……」

思わず指さすと、フランクさんが「一体俺たちは、どこまで登ってきちまったんだ」と呟く。

すると、流れ星が一つ、私たちのほうへ迫ってくる。

「危ないっ」

アルにーさまに手を引かれて、抱きこまれる。

でも星が落ちる衝撃はない。

おそるおそるアルにーさまの腕の中から見上げると、流れてきた青い星は、星ではなくてリヴァイアサンだった。

「よくぞここまで参ったな。青龍王《せいりゆうおう》リヴァイアサンの名のもとに、更なる力を授けよう」

《青龍王リヴァイアサンの付与魔法で、攻撃力二倍の効果を得ました》

攻撃力二倍⁉

驚いていると、今度は玄武《げんぶ》が現れる。

「玄武の名のもとに、更なる防御を授けよう」

《玄武の付与魔法で、防御力二倍の効果を得ました》

そして白虎も。

「白虎の名のもとに、更なる速さを授けよう」

《白虎の付与魔法で、素早さ二倍の効果を得ました》

そして最後に朱雀《すざく》が現れた。

「朱雀の名のもとに、更なる加護を与えましょう」

《朱雀の付与魔法で、全てのステータスが二倍の効果を得ました》

その瞬間、再び強制クエストが現れた。

▽強制クエスト発生！
▽現れた邪神を倒す。
▽クエストクリア報酬《ほうしゅう》・・・元の世界へ戻れる。
クエスト失敗・・・邪神によるエリュシアの滅亡。

ううう。

クエスト失敗した時の言葉が「邪神の解放」から「邪神によるエリュシアの滅亡」にグレードアップしてる。

こんなところが上がらなくてもいいのに。

四神獣は、私たちに加護を与えるとすぐに宇宙の彼方《かなた》へと飛び去っていった。

するとすぐに、ズゥンとかつて感じた重圧がかかる。

バサリと羽のはばたく音が聞こえる。

……邪神だ。

相変わらず赤い目は茫洋として生気というものが感じられない。

その代わりとでもいうように、ゆらゆらと揺れる銀色の髪が、まるで生き物のようにうねっていた。

「かしこみかしこみも、もうす。天におわしまする、森羅万象《しんらばんしょう》を統《す》べる神よ。悪しきものより我らを守りたまえ」

シャリィンとカリンさんの持つ神楽鈴《かぐらすず》が鳴る。

前に戦った時は、ミッションウィンドウが開かなくて、エリーのナビゲートもなかった。

でも……。

私の目の前には半透明のウィンドウがある。

そこに表示された私のレベルは100。

どういうこと？　レベルは99が最大じゃなかったの？

でも、とにかく、ミッションウィンドウが開いてるなら、四神獣の力も使えるはず。

「アルにーさま、大海嘯《だいかいしょう》をお願いします！」

「コール召喚《サモン》・リヴァイアサン！」

《リヴァイアサン、召喚》

アルにーさまの右手から光がほとばしり、リヴァイアサンが現れる。

「邪神に大海嘯《だいかいしょう》！」

《召喚獣リヴァイアサン、大海嘯で攻撃》

アルにーさまが剣を振りかぶると、大きな波が邪神を襲った。

今だ！

「邪神にフローズン・ストリーム、いっけぇぇぇぇぇぇ!!」

《スキル・フローズン・ストリーム、発動しました。対象・邪神》

《大海嘯とフローズン・ストリームのハイブリッド攻撃確認。凍《い》てつく世界の発動》

《命中。ダメージ率25》

邪神が少しだけ体勢を崩し、十枚ある羽のうちの二枚が光の粒子となって消え去った。

アルにーさまとのハイブリッド攻撃でも、ダメージ率がたった25なの⁉

でもこの攻撃を続ければ……。

「コール召喚・朱雀。邪神に炎極火焔」

《朱雀、召喚》

《召喚獣朱雀、炎極火焔で攻撃》

《命中。ダメージ率15》

攻撃を受けて、邪神の羽が更に二枚、消滅《しょうめつ》する。

その時、うつろな目の邪神が私たちを見下ろした。

「形あるものは滅びるが定め。定められし滅びを早めよう。滅ぶや、いなや」

邪神が右手を上げて、ゆっくりと下ろす。

来るっ。

「コール召喚・玄武《げんぶ》。金剛不壊《こんごうふえ》」

《玄武、召喚》

《召喚獣玄武、金剛不壊、発動しました。残り時間一分。五十九秒、五十八秒……》

玄武と共に現れた巨大な盾《たて》が、邪神の放った羽根を防ぐ。

「よし。今のうちに攻撃するぞ！」

「コール召喚・白虎。邪神に威風乱流《いふうらんりゅう》」

《白虎、召喚》

《召喚獣白虎、威風乱流で攻撃》

《命中。ダメージ率15》

効《き》いてるっ！

邪神の羽は半分だから、あと少し！

フランクさんの盾に守られて、みんなで総攻撃をかける。

「殲滅《せんめつ》の隕石《いんせき》！」

「波動掌拳《はどうしようけん》」

「炎刃両断」

「水流一閃《すいりゆういつせん》」

「双剣乱舞」

「茨《いばら》の斬撃」

普段は攻撃に参加しないカリンさんも、茨のムチを持って戦っている。

「みゃあうっ！」

ノアールはその鋭い爪で、ルアンはツノで、そしてプルンとマクシミリアン二世は巨大化して酸を吐いて参戦している。

「羽が全部落ちた！」

《邪神、戦闘不能》

邪神の羽が十枚全て落ちた。

これで……。

「ええっ」

落ちたはずの羽が、元に戻ってる！

しかも玄武の盾も、時間切れでなくなってる。

まずい！

「何をしても無駄なこと。このエリュシアは滅びに向かうのだ」

邪神がゆっくり右手を上げる。

「パーティー・ヒー……」

最後まで言わずに、待つ。

そして邪神の攻撃のすぐ後で詠唱《えいしょう》を完成させる。

「……ルッ！」

全身に羽根が刺さって激痛にうめいたのは一瞬だった。

レベルが高いのもあって、パーティー・ヒールで全回復できる。

「無駄なあがきを……」

邪神は両手を振り上げた。

きっと今度の攻撃は今までのものよりも激しい。

みんな、持ちこたえて！

「滅びよ」

銀色に光る羽根が、全身を切り裂く。

「パーティー・ヒール」

パーティー・ヒールでパーティー全体の回復をするけど、その間にも次々に羽根の刃が飛んでくる。

「癒《い》やしの風よ汝《なんじ》に集《つど》え、カリンにヒール。ぐうっ」

ヒールを唱えているフランクさんに、邪神の銀色の髪が絡みつく。

それはまるで、銀色の蛇がフランクさんに絡みついているようだった。

「無駄なあがきだ。もう諦めよ。……そうだな。見たところ、お前は私の信徒のようだ。もし諦めれば、汝らに永遠の命を授けてもよいぞ」

「はっ。誰がお前の信徒だって？　邪神なんか信じるもんかよ。それに永遠の命とやらは、アンデッドになって無限回廊《むげんかいろう》をさまようことだろ。こっちはそれくらいお見通しだぜ」

「……生意気《なまいき》な。お前に真の絶望というものを教えてやろう」

銀の髪に巻きつかれたフランクさんの足が宙に浮く。

そして体のどこかの骨が折れたような鈍い音が聞こえる。

「絶望か……。邪神とはいえ、元は神だったものが、俺に絶望を与えるっていうのかよ。笑える話じゃねえか」

そう言って笑うフランクさんの口の端から、赤い血が流れる。

「フランクさんにヒール！」

「きゅうっ」

ルアンが額《ひたい》のツノで邪神の銀の髪を切ろうと飛び掛かるが、髪の一筋すら損なうことはできない。

「きゅうっ、きゅうっ！」

何度も飛び掛かるルアンを邪神がうるさそうに払いのけた。

「ルアンッ！」

「ルアンにヒール！」

叩《たた》き伏《ふ》せられたルアンを抱き上げて、必死にヒールをかける。

回復はしたものの、脳震盪《のうしんとう》を起こしたのか、気絶したままだ。

「ルアンは無事か？」

「気を失ってますけど、大丈夫です。……フランクさんにヒール」

フランクさんにヒールをかけ続けてるけど、受けているダメージのほうが大きい。

「私にあらがおうなど、無駄なことだ」

このままじゃ、フランクさんが……。

「ああ、そうだ。思い出したぜ。これが絶望か。昔な、ロウ神官に聞いたんだ。絶望して、どうしても無理だっていう時にはどうすりゃいいってな。そうしたらあの爺《じい》さん、時には諦めたほうが楽になることもある、って抜かしやがった」

喋《しゃべ》りながら、フランクさんはゴフッと血を吐く。

だめ、もう喋らないで！

「フランクさんにヒール！」

「でも諦めたら二度とチャンスがないとしたらどうすんだよ、って聞いたら……自分を信じろ
……こう言いやがったんだ」

「フランクさんにヒール」

「そんでな、もう一つ思い出した。自分が諦めさえしなければ、絶望なんてものはないってこ
とをな」

そう言ってニカッと笑う。

「ヴィルナ、あれやるぞ。うまくタイミング合わせろ」

「承知した」

ヴィルナさんは高くジャンプしてフランクさんに剣を向ける。その剣先に、フランクさんが
波動掌拳を叩きこんだ。

「……波動剣、斬《ざん》！」

《スキル・波動剣、発動しました。対象・邪神。……命中。ダメージ率10》

ヴィルナさんの剣が、フランクさんに絡みついていた髪を切る。

はらはらと落ちていく銀糸《ぎんし》の中、しっかりと足をついたフランクさんが不敵に笑っていた。

「俺は俺の神を信じる。邪神など信じるものか」

「この世界の神は私だ。私なのだぁぁ！」

邪神の赤い瞳が爛々《らんらん》と光る。

再び、羽根の刃が襲い掛かろうとしていた。

その時。

私の持つゲッコーの杖から、ヤモリが飛び出してきた。

ヤモリは光の玉になって、そして人の姿へと変わる。

大きく手を広げるその背中には、銀の髪が輝いていた。

「エリューシア！」

邪神の赤い目が、その姿をとらえて見開かれる。

そして私たちに襲い掛かろうとしていた羽根の刃が、一瞬にして消えうせる。

「ティリオン……。お兄さま、もう止めて」

「エリューシア、生きて、いたのか……」

邪神が震える手をエリューシアと呼ばれた人に差し出す。

その手に、白い指先がそっと触れる。

「この世界のどこにもお前はいなくて……私は……」

「ごめんなさい、お兄さま。あのままでは私の子供が助けられなかったの。だから界を渡ったのよ」

エリューシアと呼ばれた人がゆっくりと振り返る。

するとアルにーさまとアマンダさんが大きく息を飲んだ。

「私の名前はエリューシア。この世界の双子神の一人である光の女神よ。そして創造神である兄のティリオン」

ティリオンって、確かエリュシアオンラインでは賢者の職業のマスターだったよね。

同じ名前なのは……偶然？

「本当に……そいつが神なのかよ……」

愕然《がくぜん》とするフランクさんに、エリューシアは小さく頷《うなず》く。

「でも、今は正常ではないの。ここが祈りの塔と呼ばれているのは知っているかしら？」

「ああ」

「私はともかく、兄が顕現《けんげん》できるのがここだけなの。だから神に祈りを捧げる場所として、祈りの塔と呼ばれている。けれども長い時が経つ間に塔の存在は忘れ去られ、ここを訪れるものもいなくなってしまった。それでも時折、兄と私はここに来ていたの」

そっか。祈りの塔っていう名前は、本当に神様と会って祈りを届けてもらえるからついた名前なんだ。

「そして八年前、久しぶりにここを訪れるものが現れた。でも、彼らの目的は祈りではなかったの」

「神の力を得るため、ですね」

アルにーさまの言葉に、女神は「ええ」と答えた。

「……けれども最初からそうだったわけではないわ。この塔の最上階にたどりついて、なおかつ私たちのどちらかに会うことができたものには、知識か道具のどちらか一つを与える決まりになっているの。そして彼らが求めたのは、なぜ十年ごとに魔の氾濫が起こるのかの答え、だった」

じゃあ、あの人たちが言っていた魔の氾濫の真相は、本当に増えすぎた種族を減らすためだったの？

そんな……。

いくら神様だって、ひどいよ。

「魔の氾濫は、増えすぎた種族を淘汰《とうた》するためのもの。そうでなければ、滅びの六日間が繰り返されてしまう……。この世界は、種族間の戦いによって、何度も滅びを迎えているのよ」

えっ。創世記の一度だけじゃないんだ。

「でも、殺される民にとっては関係ないのね……。私はそんなことにも気づかなかった。だから、同じように殺されてしまったの……」

「えっ。じゃあ今の姿は？」

思わず声を出すと、女神は寂《さび》しそうに微笑んだ。

「今の私は、魂だけの存在なのよ。でも私は彼らに殺されるだけの理由があったけれど、まだ生まれていない子供にはないわ。だからどうしても助けたくて、界を渡った」

「界を……渡る……？」

それってもしかして、この女神様に頼んだら、私も家に帰れる……？

「ええ。魂だけになったとはいえ、私も神の一柱。子供の魂と一緒に、異世界に行ったわ。だけどそのままでは育たない。だから、生まれてすぐに死んでしまった子供に、私の子の魂を入れたの。本当は私が母親として育てたかったけれど、ウィリアム以外の人を夫と呼びたくはなかったから、そうしなかった」

ウィリアム……。

その人の名前も最近聞いたような……。

でもお相手は光の女神じゃなくて、妖精の女王だったけど……。

あれ？

女神様の背中にあるのって、ティリオンみたいな鳥の羽っぽいのじゃなくて、妖精の羽っぽくない？

だけどノーザン公ウィリアムって三百年くらい前の人じゃないっけ。だったら、ノーザン公ウィリアムさんはエルフじゃなくて人族だから、きっと別人だよね。

「そのウィリアムが私の夫よ。神と人の間の子供は、人間が眷属《けんぞく》となって長生きをしたとしてもなかなか生まれないの」

えっ。どうして私の考えてることが分かったの？

声になんて出してないのに。

「だってあなたはすぐに思っていることが顔に出るんですもの。こちらに戻ってきても、変わらないのね、悠里《ゆうり》」

その響きは、ユーリって呼ばれるのとは、イントネーションが違った。

今、確かに、悠里って呼ばれた……！

「どうして……？」

「母親になるのは諦めたけど、それでも近くで成長を見守りたいと思った。だからその妹という存在を作ったわ。つまり、叔母《おば》ね」

小首を傾《かし》げて、人差し指を頰《ほお》に当てる仕草には見覚えがある。

「江梨子《えりこ》叔母さん……？」

「ええ。そしてあなたの母親のエリューシアよ」

「私のお母さんは、九条永遠子《くじょうとわこ》じゃないの？」

「彼女もあなたの母親よ。元々、魂が宿る前に永遠子の赤ちゃんは亡くなってしまうはずだったの。そこにあなたの魂を入れたから、永遠子との魂の繫がりもちゃんとあるわ」

なんだか色々な情報が入ってきて、頭が混乱してしまう。

ちょっと待って。整理させて。

女神は、生まれてすぐに死んでしまった永遠子《お母さん》の赤ちゃんに、ノーザン公ウィリアムとの間にできた子供の魂を入れた。そして女神の力で自分は永遠子の妹ということにして悠里の成長を見守った。

って、そういうこと？

「ウィリアムは私が殺された時に、私を守ろうとして死んでしまったの。それでもエリュシアは私の世界だから何とかして戻ろうと思った。それでゲームの世界を利用することを思いついたのよ」

「じゃあ、エリュシアオンラインは……」

「ええ。この世界と地球をシンクロさせるために作ったのよ。だからここととそっくりだったでしょう？」

「初めは、ゲームの中だとばっかり思ってた。てっきり新しいフィールドかなって」

女神エリューシアは、江梨子叔母さんと同じような苦笑を浮かべる。

ああ、こうして見ると、女神エリューシアと江梨子叔母さんはそっくりだ。

そしてエリューシアの姿は、銀色の髪に紫の瞳で、今の私の姿にとてもよく似ている。

だから、アルにーさまとアマンダさんも、最初に見た時にびっくりしたんだと思う。

「本当は、このまま地球で過ごしたほうが幸せなんじゃないかと思ったわ。他の国はともかく、日本は戦争もない平和な国で、魔物なんていうものもいないから。それにエリュシアと地球では時の流れが少し違うのよ。エリュシアの八年が、地球だと十九年経っているの」

「じゃあ、私が今八歳なのって……」

「そもそも、この世界で生まれていた時の年齢ね。エリュシアに戻ってきて、本来の姿に戻ったのよ」

そっか……。

なんだかこっちの世界に来てから、体の年齢に精神が引っ張られると思ってたけど、本当の年齢に戻っていただけなんだ。

「一生を地球で過ごして、その間に魂を癒《い》やして。それからエリュシアに戻ればいいかと思っていたんだけれど……。兄は……ティリオンは、私が殺されてしまったことで、乱心してしまった」

そう言って女神エリューシアは、うつろな目をしながらも大人しくしている兄を見上げる。

ティリオンは一瞬だけその目に光を戻して、嬉しそうに微笑む。

仲の良い、兄妹の姿がそこにはあった。

「兄は、エリュシアの全てを滅ぼそうとしているわ。八年前はちょうど魔の氾濫の時期だったこともあって、私を殺した魔族の若者たちをアンデッドにして、魔物の王に仕立て上げた。本来、魔物の群れはエリュシアの全てを飲みこむはずだったのよ」

「でも、レオンさんがそれを阻止《そし》した」

「その通り。でも兄は諦めなかった。倒されたアンデッドを復活させて、その魂ごとこの塔に縛り付けたの。いずれ、また次の魔の氾濫で魔物の王にするためにね。彼らは朝になると人としての死を迎え、夜になると魔物としての死を迎え、何度も自分が死んだ時の体験を繰り返していたわ。完全に死ぬことは許されていなかったから、生きながら魔物に食べられても決して死ななかった。そして魔の氾濫の時期をどんどん短くすることで、エリュシアに住む全ての種族を滅ぼそうとしていたの」

むごい、とは思うけれど……。

でも、彼らが私の母である女神を殺さなかったらそんな罰は受けなかったわけで……。それにエリュシアだって、今みたいに怒った神様に滅ぼされそうにはならなかっただろうし。

だけど魔の氾濫をどうにかして止めたいと思う気持ちも分からなくはないんだよね。

なんか、複雑すぎるよ……。

「偶然にもエリュシアとエリュシアオンラインがシンクロして、こちらの世界が滅びの危機に瀕していることを知った私は、女神の力を使ってあなたをエリュシアに飛ばした。そして私自身は、まだエリュシアに自分で戻る力が戻っていなかったから、ナビゲーターのエリーの中に潜《ひそ》んで、あなたと一緒にこちらにやってきたのよ」

「そうだったんだ……」

そっか。だから私が最初に教えると、フランクさんたちがヒールを飛ばせるようになったりしたんだ。

元々エリーは女神の力を持っているから、こっちの世界の魔法を、そういうシステムに書き換えることができたんだね。

「ユーリ。あなたは神と人を繋ぐ子供。だからティリオンを止められる可能性があるのはあなたしかいないのよ」

第九章

神の最期

The Small Sage Will Try Her Best In The Different World From Lv.1!

「私が、神を止める……？」

無理だよ、そんなの。

だってさっきまでの戦いでも、全然倒せなかった。

「だめだ、エリューシア。エリュシアは滅ぼさなくては。そして新しいエリュシアを作ろう」

創造神ティリオンは女神エリューシアの手を引いた。

「でもお兄さま、私の娘もいるのよ」

「君の子供は、野蛮《やばん》なエリュシアの民に殺されてしまっただろう？　私たちがどれほど慈《いつく》しんできたのかも知らずに、恩知らずな。今度は妖精だけの世界を創ろう。幸せと喜びに満ちた、美しい世界になるよ」

「いいえ、ユーリは死んでいないわ。そこにいます」

創造神は赤い目でチラリと私を見て、興味がなさげに視線をはずした。

「エリューシアとウィリアムの子供はまだ生まれていないだろう？　そういえばウィリアムはどこだ？　また花園でお前に贈る花束でも作っているのか？」

「ええ。そうかもしれないわね」

「お前の子供を騙《かた》る偽者《にせもの》など、排除《はいじょ》しなくてはなるまい」

二人の会話は、ちゃんと成り立ってはいなかった。どこかずれたまま、進んでいく。

「やめて、お兄さま。本当にあの子は私の娘なの。神気《しんき》を感じるでしょう？」

「あれはまがいものだ。排除しよう」

創造神は再び大きく羽を広げて浮かび、両手を開いた。

その背後には、数多のきらめく星が現れる。

「滅びよ」

「金剛不壊《こんごうふえ》！」

再び使えるようになった魔法で、フランクさんがあらゆる攻撃を防御する盾《たて》を召喚《しょうかん》する。

「これでしのいでも、またじり貧《ひん》になるぜ。違う手を考えねえと」

「違う手といってもね……。ユーリには何か良い案があるかい？」

女神の血をひくということが分かっても、アルにーさまの態度は少しも変わらなかった。

それがとても嬉しい。

「きっと……お母さまが知っているはずです」

私はそう言って、じっと女神エリューシアを見つめる。

なんだか私には三組も親がいるんだね。

九条《くじょう》の両親。

オーウェン家の両親。

そして、女神エリューシアとノーザン公ウィリアム。

ウィリアムさんには会ったことがないけど、どんな人だったんだろうなぁ。

きっと優しい素敵な人だったんだと思う。

だって……私のお父さまだもの。

「お母さま、どうしたらティリオンを倒せますか？」

「あなたのレベルを全てエネルギーにすれば発動できる魔法があるわ。それを使えば……」

「レベルを？」

せっかくレベルをＭＡＸにしたのに……。

でも、それでエリュシアが助かるなら……。

「もう私にはそれだけの力が残っていない。だからどうか力を貸して」

「分かりました。やります」

「では私と手を繋いで」

「行くな、行かないでくれ、エリューシア」

そばを離れようとするお母さまを、ティリオンは必死に引き留めようとする。

「ええ。私は最後まで一緒にいるわ」

ホッとするティリオンの手を離し、お母さまは私の手を取った。

「さあ唱えなさい。この魔法はレベルが１００にならなければ使えないもの。神と人の子であるあなたにしか使えない究極魔法・エンドオブザワールドと」
レベル100でしか使えない究極魔法⁉
私は急いでステータスを確認する。

ユーリ・クジョウ・オーウェン。八歳。賢者Lv．100

HP　1000
MP　1000

所持スキル　魔法　100
　　　　　　回復　100
　　　　　　錬金《れんきん》　100（＋）
　　　　　　従魔《じゅうま》　100

称号
　魔法を極めし者
　回復を極めし者
　錬金を極めし者
　錬金マスター

異世界よりのはぐれ人
幸運を招く少女
幸運が宿《やど》りし少女
豹王《ひょうおう》の友
リヴァイアサンを倒せし者
玄武《げんぶ》を倒せし者
神に挑みし者
アレス王国の救世主
朱雀《すざく》に導かれし者
白虎《びゃっこ》の加護を得し者
究極魔法の担い手

使用可能スキル
《雷属性》 サンダー・アロー　サンダー・ランス　スパーク・ショット　裁《さば》きの雷
《風属性》 ウィンド・アロー　ウィンド・ランス　エア・ブレード　破壊の竜巻《たつまき》
《火属性》 ファイアー・ボール　ファイアー・クラッシュ　アフター・バーナー　紅蓮《ぐれん》の炎
《水属性》 ウォーター・ボール　ウォーター・クラッシュ　ハイドロ・シューター　蒼《あお》き

奔流《ほんりゅう》

《土属性》 ロック・フォール　アース・クエイク　スクリュー・ランチャー　殲滅《せんめつ》の隕石《いんせき》

《氷属性》 ダイアモンド・ダスト　フローズン・ストリーム

《無属性》 ステルス・サークル

《従魔》 状態管理

《回復》 ヒール　（エクストラ・ヒール）

《範囲回復》 ヒール・ウィンド

《状態異常回復》 キュア

《補助》 プロテクト・シールド
マジック・シールド
プロテクト・マジック・シールド

《パーティー魔法》 パーティー・ヒール
パーティー・プロテクト・シールド
パーティー・マジック・シールド

《エリア魔法》 エリア・ヒール
エリア・プロテクト・シールド
エリア・マジック・シールド
《究極魔法》 エンドオブザワールド

あった！ これだ！

「ティリオンに、エンドオブザワールド！」

私の中から、何かが抜けていく。

魔力だけじゃない。

体力や気力や……命の源《みなもと》のようなものが、ごっそりと抜けていく。

それは大きなエネルギーの塊になり。

ティリオンの胸を貫いた。

《スキル・エンドオブザワールド、発動しました。対象・ティリオン。命中。ダメージ率99》

「エリューシアァァァア！」

「お兄さま！」

ぐらりと倒れるティリオンの下へ、お母さまが走る。

倒れたティリオンの手を、お母さまがしっかりと握《にぎ》った。

でもまだ完全に倒してはいない。

どうすれば……。

「今よ、ユーリ。私と一緒にキュアを！　神族である私たちにしか、神である兄は救えない」

キュア？

本当にそんなので救えるの？

そう考えたのは一瞬だった。

悩む間もなく、私はお母さまの手を取る。そしてもう片方の手をティリオンに。

三人で円陣を組むように手を繋ぐと、私の喉元から眩《まばゆ》い光が放たれた。

それは私たちを包みこむように広がり、柔らかく光る。

「それは……ウィリアムの魔法陣……」

お母さまは私のチョーカーについている賢者の証《あかし》を見つめる。

光はそこからあふれていた。

「子供が生まれたらお守りにするのだと言って作っていたメダルよ」

暖かく感じる光の球体の表面には、びっしりと魔法陣が刻まれている。

これを、お父さまが？

「私が触れたことで、あらゆる苦難から身を守る魔法陣が発動したのよ。これは、ウィリアムが……あなたの父が、その知識の全てをかけて作った魔法陣」

そこで言葉を切ったお母さまは、切なそうに賢者の証を見つめる。

「きっと、ウィリアムの残した魔法陣が私たちに力を貸してくれるわ。さあ、ユーリ。一緒にキュアを。……キュア！」

「キュア！」

私たちの手から浄化の光がほとばしる。

それは複雑に絡《から》みあいながら、ティリオンへと向かった。

《スキル・キュア、発動しました。対象・ティリオン》

《ハイブリッド効果確認。エターナルキュアに進化しました。ティリオンの邪気《じゃき》の浄化まで、五、四、三……》

《邪気、消滅《しょうめつ》しました》

邪気が消滅した！

やった！

私たちが息を飲んで見つめる先で、倒れていたティリオンの目がゆっくりと開く。

「エリューシア、無事だったのか……」

胸に大きな穴をあけたティリオンの目は、さっきまでと違って、赤い色ではなく、私やお母さまと同じ紫色に変わっていた。

「ええ。神としての力はほとんどなくなってしまったけれど、戻ってきたわ、お兄さま」

「失ってしまったのかと思った。ウィリアムが殺されて、お前までも、と。そうしたら怒りに支配されて、この世界を滅ぼすことしか考えられなかった……」

「ユーリがこの世界を救ってくれたの。そしてお兄さまも」

「ユーリ？」

そこで初めてティリオンが私を見た。

紫水晶《むらさきすいしょう》のような瞳には力があふれ、見つめられるだけで畏怖《いふ》を感じてしまう。

「ええ。私と……ウィリアムの娘よ」

「ユーリです」

私が名乗ると、ティリオンはわずかに目を見開いた。

「娘……。そうか、無事に生まれたのか」

お母さまはティリオンの手を取って、微笑《ほほえ》む。

「そうよ。そのためには異世界に行かなければならなかったのだけれど」

そしてお母さまは異世界に行ってからの、長い長い話をした。

それから、エリーとして見てきた、長いようで短い、エリュシアに来てからの私の話を。

全てを聞いたティリオンは、何もかもを見通すような、そんな不思議なまなざしで私を見た。

「なるほど。魔素《まそ》で元の体を模《も》したのか。この世界に馴染《なじ》むにつれ、本来の姿を取り戻していったのだな」

「本来の姿？」

「異世界での姿は仮のもの。今のお前の姿こそが真実」

えーと、えーと。

つまり、日本で暮らしていた時の私が仮で、今の姿が本当の姿ってこと？

あっ。

もしかして、それで今までリヴァイアサンたちに『混ざり者』って呼ばれてたのかな。

ていうことは、たとえば日本に帰れたとしても、この姿のまま？

「エリューシア。私は、少し、疲れた」

「ずっとそばにいるわ。お兄さま、しばらくお休みなさい」

「ああ。お休み……」

そう言って、ティリオンは目を閉じた。

お母さまは、しばらくその手を握ってきつく目を閉じていたけれど、やがてゆっくりと目を開けて私を呼んだ。

「ユーリ、私はこれから、兄と精霊界《せいれいかい》へ行きます」

「えっ」

どうして？

せっかく会えたのに……。

「あなたのそばにいてあげたいけれど、今の私にもずっと顕現《けんげん》していられるだけの神力《しんりょく》がないの。ごめんなさい、愛しているわ。……でも、これでお別れではないのよ。ユーリが信じてくれれば、きっとまた会える」

本当に？

本当にまた会える？

「ええ。必ず」

お母さまはそう言って、私を優しく抱きしめた。

柔らかく包みこまれて、心が震える。

ああ、本当に、私のお母さまなんだと、魂が伝えてくる。

「神を信じるものがいる限り、また甦《よみがえ》る。たとえ神の力が弱ったとしても、信仰によって復活する。……あなたは、変わらずに神を信じる？」

お母さまは、フランクさんを見た。

フランクさんは頰をかきながら、すねたように横を向く。

「まともな状態なら、祈ってやらんでもないぜ。まあ、創造神には違いないからな」

「ちゃんと信徒の認定はされてたしね」

フランクさんの照れ隠しに気がついているアルにーさまが、からかうように口をはさむ。

「あなたたちの祈りが強ければ、また兄はすぐに戻ってこられるでしょう」

そして意味ありげに私を見て微笑む。

「祈りは、必ず届くものよ」

それって、どういう意味？

微笑んだままティリオンの手を取るお母さまの姿が、光に包まれる。

光はどんどん強くなって、そして――

「強くなりなさい、ユーリ。そうすれば……」

「お母さま！」

そして一際《ひときわ》大きく輝いた後。

そこにはもう、誰もいなかった。

◇　◇　◇　◇　◇

「ユーリ！」

「ユーリちゃん！」

「にゃあ！」

アルにーさまとアマンダさんが駆け寄ってくる。

神気に気圧されて近づけなかったノアールも、いつの間にか子猫の姿になって飛びついてきた。

顔を上げると、空に広がっていた宇宙はいつの間にかなくなって、そこには青空が広がっている。

ああ。終わったんだな、と、体中の力が抜けて安心する。

「ユーリちゃん、大丈夫？」

アマンダさんにぎゅうっと抱きしめられる。

「アマンダさん……」

ぎゅっとされて嬉しいです。

嬉しいですけど、大きなお胸に圧迫《あっぱく》されて、息が……息ができません。

やっと顔を上げた時には、ぜーはーしてしまった。

「ありがとう、ユーリちゃんのおかげでエリュシアが救われたわ」

「それは違います」

「え？」

「アルにーさまやアマンダさん、フランクさん、ヴィルナさん、カリンさんがいてくれなければ、私はここまで来られなかったと思います。そして最初にレオンさんが私をイゼル砦《とりで》に保護してくれなければ……」

きっと私は、魔の森の中でさまよって、みんなにも会えずノアールにも会えず、孤独の中でずっと泣いていたと思う。

「だから、エリュシアを救ったのは、みんなです。私だけじゃありません」

「それでも、ユーリがいなかったらエリュシアは救われなかったよ。ありがとう」

アルにーさまが、私の頭を撫《な》でる。水色の目が、優しく私を見ていた。

「それにしても、キュアが最強の魔法だったとはなぁ」

フランクさんはトウモロコシ色の頭をガシガシとかいている。

ルアンがその手にじゃれついて遊んでいた。

「きゅっきゅっ」

いつもと変わらない会話に、ホッとする。

邪神《じゃしん》と戦うことになってどうなっちゃうのかと思ったけど……。

終わり良ければ、すべて良し、だよね。

あ、でもそういえば、今のレベルってどうなってるんだろう。

エンドオブザワールドを発動するには全てのレベルをエネルギーにしないといけないって言ってたよね。

も、もしかして……。

「ステータス・オープン」

ユーリ・九条《くじょう》・オーウェン。八歳。賢者Ｌｖ．１。
ＨＰ　15

ＭＰ　25

所持スキル　魔法　１００
　　　　　　回復　１００
　　　　　　錬金　１００（＋）
　　　　　　従魔　１００

称号

魔法を極めし者
回復を極めし者
錬金を極めし者
錬金マスター
異世界よりのはぐれ人
幸運を招く少女
幸運が宿りし少女
豹王の友
リヴァイアサンを倒せし者
玄武を倒せし者
神に挑みし者

アレス王国の救世主
朱雀に導かれし者
白虎の加護を得し者
究極魔法の担い手
エリュシアの救世主
界渡りの賢者

使用可能スキル
《雷属性》サンダー・アロー（サンダー・ランス　スパーク・ショット　裁きの雷）
《風属性》ウィンド・アロー（ウィンド・ランス　エア・ブレード　破壊の竜巻）
《火属性》ファイアー・ボール（ファイアー・クラッシュ　アフター・バーナー　紅蓮の炎）
《水属性》ウォーター・ボール（ウォーター・クラッシュ　ハイドロ・シューター　蒼き奔流）
《土属性》ロック・フォール（アース・クエイク　スクリュー・ランチャー　殲滅の隕石）
《氷属性》（ダイアモンド・ダスト　フローズン・ストリーム）
《無属性》（ステルス・サークル）

《従魔》　状態管理
《回復》　ヒール　（エクストラ・ヒール）
《範囲回復》　（ヒール・ウィンド）
《状態異常回復》　キュア
《補助》　プロテクト・シールド
マジック・シールド
（プロテクト・マジック・シールド）
《パーティー魔法》　（パーティー・ヒール）
（パーティー・プロテクト・シールド）
（パーティー・マジック・シールド）
《エリア魔法》　（エリア・ヒール）
（エリア・プロテクト・シールド）
（エリア・マジック・シールド）

《究極魔法》（エンドオブザワールド）


えええっ。

ちょっと待って！

私、レベル100からレベル1になっちゃってる！

初級の魔法しか使えなくなってるよぉぉ。

しかもエリュシアに来たばっかりの時より、弱くなってない？

攻撃魔法は、レベル1でも中級まで使えたはずなのに……。

あ……。HPとMPが低すぎるんだ。

前はレベル1でも三ケタあったもん。それが今では15と25。

これってもしかして、ノアールの猫パンチですら、即死ダメージになっちゃわないかな⁉

それにこのMPの数値は低すぎでしょ。

25とか、ありえない……。

えーっと、サンダー・アローとかウィンド・アローはMP5で、ヒールがMP10でキュアが
MP5だから……。

ヒール2回とキュア1回で、MPがゼロになっちゃう？

えええええええっ。

私ががっくりうなだれていると、アルにーさまが心配そうに私の背中をさすった。

「どうしたんだい、ユーリ。気分でも悪いのかい？」

「アルにーさまぁぁぁ」

うわーんと泣きながら、レベルが1になってしまったことを伝えると、横からフランクさんが呆《あき》れたように言ってきた。

「こっちに来た時はレベル1だったんだろ？　じゃあ同じようにがんばればいいじゃねえか」

「でもエリア・ヒールとかエリア・プロテクト・シールドとか使えないし……」

「もう邪神はいないんだから、使う機会もねえさ」

「そんなことより小娘。このクラウンスライムの魔石《ませき》にキュアをかければ、ひょっとして復活せぬか？」

カリンさんがヒョイと私の顔を覗《のぞ》きこんだ。

「お母さまと一緒じゃないから無理です」

「なんと！　私としたことが、なぜさきほど思いつかなかったのかぁぁぁぁ」

地面に手をついて嘆《なげ》いているカリンさんは、いつもと変わらない。

でも、それがちょっぴり嬉しい。

「戻ったら、さっそく陛下と団長に報告しよう。落ち着いたら、またユーリのプリンをご馳走《ちそう》してくれるかい？」

「もちろんです」

私の両親が光の女神とウィリアム公だったのが分かっても、変わらず私を妹として愛してくれるアルにーさまが大好き。

「私も、戻ったらゲオルグに告白するわ」

「わぁ。応援します！」

そして大好きなアマンダさんが、幸せになりますように。

「早く復活するように、毎日祈りを捧げてやるか」

ぶっきらぼうに言うフランクさんだけど、誰よりも敬虔《けいけん》な神官さんだって知ってます。

「これでゆっくり酒が飲めそうだ」

ヴィルナさんのしっぽがユラユラとご機嫌に揺れている。

そしてカリンさんはクラウンスライムの魔石を握りしめて「じっくり研究するぞ」とぶつぶつ呟《つぶや》いていた。

「にゃ～ん」

ぷるるん。

ノアールとプルンも、すり寄ってくる。

強くて可愛くて、うちの子は最高！

これからもよろしくね。


そういえば、お母さまが強くなりなさいって言ってたけど……。

なんでそんなことを言ってたんだろう。

私はもう一度、じっくりとステータスを見る。

特に気になるところは……。あ、あった。

「どうしたの、ユーリちゃん」

「称号が……」

エリュシアの救世主の称号の後に、界渡りの賢者って書いてある。

これって、もしかして――。

「ううん。なんでもないです。それより、私、強くなりたいです。……強くならないといけないんです」

「じゃあ、今度は、ひのきの棒じゃなくて、最初から魔法で倒したほうがいいと思うな」

アルにーさまが微笑んでいる。

そうだった。初めてのレベル上げは、スライム討伐《とうばつ》だったよね。

剣スキルがないから、いくら叩《たた》いてもダメージを与えられなくて……。

……懐かしい。

うん！

「また、魔の森の近くでレベル上げしますね！」

両手を握ってそう言うと、アマンダさんはクスッと笑みを浮かべる。

「じゃあ、スライムを倒すところから始めましょうか」

「はい！」

私は大きく頷《うなず》くと、にっこり笑った。

ちびっこ賢者、レベル1から異世界《エリュシア》でがんばります！

番外編

アマンダさんの結婚式

雲一つない晴れ渡った青空の下、とうとうアマンダさんとゲオルグさんの結婚式の日を迎えました！

いやもう、なんていうか、感慨深《かんがいぶか》いですね……。

ティリオンとの戦いの後、アマンダさんはその宣言通りにゲオルグさんに告白して……その途中でゲオルグさんから逆告白を受けて、さらにプロポーズまでされちゃったみたい。

真っ赤になって、ふわふわとした足取りのアマンダさんが、その後で教えてくれました。なんていうか、物語みたいで素敵ですよね。憧れちゃいます。

そこからのアマンダさんは、とーっても早かった。

あれよあれよという間に、結婚式の日取りまで決まってました。

アルにーさまはそれを見て、『紅《くれない》の剣姫《けんき》』と呼ばれたアマンダさんのお祖母さまとそっくりだね、と言っていたので、私もうんうんと大きく頷《うなず》いた。

アマンダさんのお祖母さまは、伯爵家《はくしやくけ》の生まれだったけど、大恋愛の末に平民であるアマンダさんのお祖父さまと結ばれた。

The Small Sage Will Try Her Best In The Different World From Lv.1!

そこに至るまでには、お祖母さまの凄《すご》い努力があったそうで……。アマンダさんはお祖母さまにそっくりだという話なので、なんとなく想像がつくような気がします。

エリュシアの結婚式は、元の世界とそれほど変わらなくて、神官の前で永遠の愛を誓うというものだ。

祭壇《さいだん》に向かう通路には真紅の絨毯《じゅうたん》がまっすぐに伸びていて、左右から差しこむステンドグラス越しの色鮮やかな光が、まるで色とりどりの花を咲かせているかのように映る。

綺麗《きれい》に磨かれて輝きを放っている黄金の燭台《しょくだい》を乗せた祭壇には、真紅に金の縁取《ふちど》りのクロスがかかっている。

祭壇の両端には、廃神殿《はいしんでん》と同じように、大理石でできた剣を持つ神の御使《みつか》いと杖《つえ》を持つ神の御使いの像が一体ずつ立っていて、神殿を訪れる人たちを見守っていた。

そこへ、パイプオルガンの柔らかい音と共に、結婚式を執り行う司祭《しさい》が現れる。

紫色に金の刺繍《ししゅう》が入った裾《すそ》の長い豪奢《ごうしゃ》な司祭服を身にまとって現れたのは、フランクさんだ。

ミトラと呼ばれる司祭にしか被れない冠を被って、ストラと呼ばれる帯を首からかけている姿は、本当にあれはフランクさんなの？　と思うほど威厳《いげん》がある。

でも、ミトラの中にルアンが隠れているのを知っている私としては、感動するよりハラハラしちゃうんだけど……。

元々、この結婚式は神殿で一番偉い神官長が執り行うことになっていたんだけど、アマンダさんのたっての願いでフランクさんになったんだって。

番外編 ▶▶▶ アマンダさんの結婚式

それは、ちょうどフランクさんが普通の神官から司祭に昇進したから実現したんだけれども。

ほら、フランクさんは神様と直接会ったわけだから、それでそんな人をヒラの神官にしておくわけにはいかないってことで、司祭になったわけ。

なんか神官長クラスの人が見ると、フランクさんの神気《しんき》が凄いらしいんだよね。

といっても、どこかの教会を任されるわけじゃなくて、いわゆるフリーの司祭になるらしいんだけど、詳しいことは私もよく分からない。

結婚式を執り行うにあたって問題になったのは、フランクさんの頭の上から離れないルアンだ。

いくらフランクさんがなだめすかしても、ルアンは思いっきり抵抗して離れようとしなかった。

「仕方ねぇから、ここで大人しくしてろ」

そう言って、ひょいとミトラの中にルアンを入れてしまったフランクさんに、周囲の人は唖然としたけど、式の間はずっと大人しくしてるなら、ってことで認められたんだって。

うん。アマンダさんもきっと、ルアンが一緒にお祝いしてくれて嬉しいよね。

だからルアン、結婚式の間は、お願いだから静かにしていてね。

大丈夫だと思うけど、おそるおそるフランクさんの頭の上のミトラを見る。

すると隣に座っているアルにーさまが、私の視線の先を追って、笑いをこらえるような顔になった。

「アルにーさま、ここで笑っちゃダメですからね」

そう小声で言うと、アルにーさまは真面目《まじめ》な顔で頷く。

「もちろん分かってるさ。今日はアマンダの結婚式だからね。台無しにするようなことはしないよ。……でも気を抜くと笑ってしまいそうだ」

口元をもぞもぞとさせているアルにーさまは、本当に笑うのを我慢してるみたいだ。

フランクさんもそれに気がついているのか、一瞬こっちを見てピクリと眉毛《まゆげ》を動かした。

フランクさん、これからアマンダさんの結婚式なんですから、落ち着いてくださいね！

そう、心の中で声援《せいえん》を送る。

アルにーさまと反対側に座っているレオンさんは、いつも通りの無表情だけど、やっぱり口元が少し緩《ゆる》んでるような気がする。

レオンさんは、どんなに忙しくても部下の結婚式には必ず出席するようにしてるんだって。

そういうところも、慕《した》われてるんだろうなぁ。

そのうち、神を称《たた》える荘厳《そうごん》な聖歌《せいか》から結婚を寿《ことほ》ぐ曲へと、パイプオルガンの旋律《せんりつ》が変わった。

ゆったりとした穏《おだ》やかな曲に合わせて、まずゲオルグさんが現れる。

「おヒゲがない！」

ヒゲもじゃのゲオルグさんが、ヒゲを剃《そ》ったら超イケメン――というほどでもないけど、でもかなり印象が違って見える。

優しそうな印象はそのままだけど、精悍《せいかん》で誠実そうだ。

これならアマンダさんと並んでても、お似合いだね！

「うっ、うっ、うっ。ゲオルグ先輩、絶対アマンダを幸せにしないと許さないんだからな」

「泣くなよ、ランスリー」

「そうだよ。ゲオルグ先輩なら絶対に大丈夫だって」

席の後ろで泣いているのは、レーニエ伯爵の息子のランスリーさんだ。

レーニエ伯爵は王都の神殿から結界を張るための魔石《ませき》を盗んだ罪で捕まったけど、盗品《とうひん》だとは知らずに購入したから自分も被害者だって主張して、結局無罪放免《むざいほうめん》になった。

私たちからしてみれば、絶対にレーニエ伯爵が犯人だと思うんだけど証拠もないし、ランスリーさんは騎士学校でアマンダさんだけじゃなくゲオルグさんともペアを組んでいたことから、今日の結婚式に招待されたみたい。

別にレーニエ伯爵が王位簒奪《おういさんだつ》を企《たくら》んでいたわけでもないしね。

ただレーニエ伯爵がほぼ独占していた魔鉱石《まこうせき》を産出する鉱山に関しては、全部じゃないけど、一部は王家の管轄《かんかつ》になったみたい。

「そりゃあ、ゲオルグ先輩なら安心して任せられるとは思うんだけどさ……」

「だよな。ゲオルグ先輩だもんなぁ」

「絶大な信頼感があるよね」

「アマンダ……幸せに……ううっ……」

ランスリーさん、本当にアマンダさんが好きだったんだね。

良い人と出会えるように、私もお祈りしておきます……。

続いてはお待ちかねの花嫁さんの登場だ。

ふあ。

ふわわわー！

凄く綺麗だよぉぉぉぉ！

「綺麗……」

私だけじゃなく、他の参列者からもため息のような声が漏れる。

真紅の髪を複雑な形に結い上げたアマンダさんは、裾の長い白いウェディングドレスを着ていて、まるで美の女神のようだった。

ドレスには、よく見ると白いレースが幾重《いくえ》にも重ねられていて、銀糸《ぎんし》で刺繡がほどこされている。

胸元はかなり開いているけど、繊細に編まれた白いレースが肌を隠していて、アマンダさんの大きなお胸を強調させながら清楚さも表現しているという、素晴らしく絶妙な仕立てになっていた。

スカートはすっきりとしたラインだけど、動くとふわりと広がって、アマンダさんの乙女なところを表してるみたい。

もうね、控えめに言っても最高です。

その時、アマンダさんがちらっと私を見て微笑《ほほえ》んでくれた。

アマンダさん、おめでとうございます！

◇◇◇◇◇

アマンダさんの結婚式は、本当に素敵だった。

いつも綺麗なアマンダさんが、もっともっと綺麗になってて。

結婚式の間、あまりの感動でたくさん泣いちゃいました……。

見間違いでなければ、アルにーさまの向こうに座っていたカリンさんの目も、潤《うる》んでいたような気がします。

その横のヴィルナさんは、フランクさんの見事な司祭っぷりに驚いてるみたいでした。耳としっぽがケバケバになってましたもん。

確かに、普段のぶっきらぼうなフランクさんから、あの威厳のある姿は想像できないですよね。

ヴィルナさんの隣には、エルフのナルルースさんがいます。

ナルルースさんとヴィルナさんは『黎明《れいめい》の探求者』という名前で神官になる前のフランクさんと一緒にパーティーを組んでたから、その晴れ姿を見にきたんだそうです。

でも、実際はこの後にアマンダさんの実家がふるまうお祝いのお酒が目当てかもしれません。

だって基本的に自分の国から出てこないエルフであるナルルースさんが冒険者になったのは、

世界中のお酒を飲むためらしいですからね〜。

ナルルースさんの隣には、同じく一緒のパーティーメンバーだったガザドさんがいます。綺麗に編みこんだ髭を撫《な》でつけながら「馬子《まご》にも衣装《いしょう》じゃなぁ」と司祭姿のフランクさんへの感想を言っている。

そして何やらフランクさんが使う武器を思いついたのか、いきなり紙とペンを取り出して書き始めた。

冒険者をやってるけど、根は職人さんなんだなぁ。

「みんな、今日はありがとう」

式を終えたアマンダさんが、白いドレスのまま私たちのところへ来た。

「アマンダさん、結婚おめでとうございます」

「ありがとう、ユーリちゃん」

華やかに笑うアマンダさんは、いつもにも増して見とれちゃうほど綺麗だ。

「おめでとう、アマンダ、ゲオルグ。いつまでも幸せにね」

「ありがとう、アルゴ」

「ありがとう」

アマンダさんとゲオルグさんが同時に言葉を発して、顔を見合わせて微笑む。

はうっ。

幸せオーラがたくさん出てますよ！

見ている私たちも幸せになっちゃいますね。

アマンダさんは、ランスリーさんからも泣きながらお祝いされていた。それには、ちょっとだけ眉を下げたゲオルグさんがお礼を言っていた。

そこへ、大役を果たしたフランクさんもやってくる。

「おお。立派にお役目を果たしたな」

「ええ。あのフランク神官だとは思えないほど立派でした」

神官の服装をして参列していた二人は、アボット村のロウ神官と、フランクさんの代わりにイゼル砦《とりで》の神官をしてくれているシモンさんだ。

ロウ神官はフランクさんのお師匠様で、シモンさんは弟子に当たるから、二人ともフランクさんに気安い。

「あのって何だよ」

フランクさんが軽くシモンさんの頭を叩《たた》く。

「司祭になったんですから、もう少し丁寧《ていねい》な言葉遣《ことばづか》いを心がけて欲しいものです」

「固いこと言うんじゃねぇよ」

「きゅうっ」

ニカッと笑うフランクさんの頭の上で、同意するルアンの声が聞こえる。

「まさかそこにいるんですか？」

呆《あき》れるシモンさんに、フランクさんは頬をかいた。

「下ろそうとすると、暴れやがるんだよな」

「すっかり懐かれてますね」

「……まあな」

「きゅきゅっ」

フランクさんがミトラをはずすと、そこから可愛いピンクのうさぎが現れた。

「にゃ〜ん」

「きゅう」

ぷるるん。

それを見て、私の腕の中のノアールとその頭の上のプルンと、ルアンが可愛く会話を始める。

アマンダさんから幸せオーラをもらって、ノアールたちから癒《い》やしパワーをもらって、凄く贅沢な気分になっちゃうね。

「相変わらず違和感しかないですけど……これはこれでいいコンビなのかな」

苦笑するシモンさんは、司祭に昇進しても全然変わらないフランクさんの態度に、ちょっと安心してるみたいだった。

「アマンダとゲオルグもおめでとう」

シモンさんが声をかけると、カリンさんたちと談笑しているアマンダさんが振り向いた。

真紅の後れ毛がはらりと舞って、何とも色っぽい。

はうううっ。

これが、人妻の色気というものなのでしょうかっ。

とっても眩《まぶ》しいです！

「ありがとう、シモン。あなたもそろそろ……かしら？」

「その前に、相手を探さないと」

「あら」

エリュシアの神官は結婚できるんだけど、ロウ神官もフランクさんもシモンさんも独身なんだよね。

そのうちフランクさんにも春が来たりして……。

と、そこでルアンとバッチリ目が合った。

えーっと。

なんだかルアンがフランクさんに近づく女の人を牽制しそうな予感がするのは、気のせいかなぁ。

……きっと気のせいだよね。うん。

フランクさんとルアンからそっと目を逸らした私は、神殿の隅に、ガザドさん以外に緑色の肌を持つ人を見つけた。

クルムさんだ……。

その横にはレーニエ伯爵もいて、私と目が合うと、軽く頭を下げて背を向ける。

前は何か悪いことでも企んでいそうな顔をしてたけど、なんだか今は色々と吹っ切れたのか、普通の人のいいタヌキおじさんに見えた。

「ほう。クルムではないか。あやつとな、今度『神々の遺産《アーティファクト》』の研究をすることになったぞ」

クルムさんとレーニエ伯爵を見送っていた私は、後ろからぬっと顔を出したカリンさんに驚いて、ぴゃっと飛び上がる。

「び、びっくりした～」

心臓がバクバク言ってますよ。

「カリンさん……。スライム以外にも興味があったんですね」

思わずそう言うと、カリンさんは腰のポーチを軽く叩いた。

「それがな。私が思うに、クラウンスライムのあの王冠《おうかん》は、アーティファクトの一種ではないかと思うのだ」

「あの王冠がですか？」

「うむ。アーティファクトであれば、クルムと一緒に研究をするのが一番効率が良いからな。次こそは、クラウンスライムを捕まえてみせるぞ！」

カリンさん、相変わらずですね……。

きっとクルムさんも、カリンさんの勢いに引きずられて、一緒に研究することになるんだろうなぁ。

ふふっ。

そのうち、凄い発見をしそうだよね！

「ああ。やはりノアール様のビロードのような毛並みは、まるで夜の闇夜を司る精霊のような美しさでございますね」

ほう、とため息をつきながら、変態さん――じゃなくて、エンジュさんが恍惚《こうこつ》として呟《つぶや》く。

あの、せっかくなので、今日くらいは花嫁さんの綺麗さを褒めてください……。

「ユーリ、久しぶりだなっ」

エンジュさんを見て微妙な気持ちになっていた私の肩を叩いたのは、オレンジの髪の毛をツンツンさせて、勝気そうな顔をしている男の子だ。

「マーくん！」

どうやらロウ神官と一緒に、アボットの町の教会の子供たちも来たんだね。

後ろのほうの席に座ってたみたい。

早く声をかけてくれれば良かったのにー。

「久しぶり、元気だったか？」

「うん。マーくんも？」

「おう。みんなも元気だぜ」

マーくんの後ろには、教会の他の子たちがいる。

みんな、アマンダさんをお祝いにきてくれたんだね。

「俺たちはフランク神官の弟子《でし》みたいなもんだからな。ちゃんとやってるか見にきてやったんだよ」

得意げに言うマーくんの頭に、フランクさんが拳をコツンと当てる。

「ああ？　ちゃんとやってるに決まってるだろうが」

「だからそれを確かめにきたんだって。あとさ、俺たちのスライムが元気かどうか聞きたくて……」

「カリンに預けたあれか。ちょっと待ってろ」

フランクさんがカリンさんを呼ぶと、カリンさんは目を輝かせた。

「おお、スライムの少年ではないか」

「なんだよ、それ」

「お主から預かったスライムは元気だぞ。ほれ、こっちのポーチに入っておる」

そう言ってマクシミリアン二世が入っているのとは別のポーチを開ける。

ティリオンとの戦いの時には宿に置いていったスライムは、見たところ元気そうだった。

……スライムの健康状態ってよく分からないけど、表面がつるつるぷるんってしてるから、きっと元気なんだよね。

土色に薄く灰色が混ざっているスライムを受け取ったマーくんは、それを他の子供たちに見せた。

「良かった〜。元気だった〜」

女の子の言葉に、カリンさんは平たい胸を誇らしげに反らす。

「当然であろう。私がスライムを大切に扱わぬはずがなかろう。なにせ私はスライム研究の第一人者だからな！」

「わあ。お姉ちゃん、すごーい！」

「当然であろう！」

ほめられて嬉しくなったらしいカリンさんは、スライムがいかに素晴らしい生き物であるかを力説し始めた。

……うん。長くなるから離れておこうっと。

「本当にフランクなのかと見違えたよ。教会の小僧にも衣装っていうのは、このことかねぇ」

そう言って、色っぽい仕草でフランクさんの襟を直したのは、アボットの町で食堂を営んでいるルイーズさんだ。黒髪に赤い瞳で、口元にホクロのある色っぽいお姉さんで、実は裏で情報屋さんをやっている。

「相変わらず、口が減らねぇな。誰が小僧だ、誰が」

「きゅうっ」

フランクさんが口をへの字にすると、ルアンも一緒に抗議した。

「随分うさちゃんに懐かれてるねぇ。そっちのお嬢ちゃんの猫ちゃんたちを見ても、人に懐いた魔物の情は深いってことかもしれないね」

良い情報を得られたとでもいうように、にっこりと笑うルイーズさんに、フランクさんは苦笑する。

「人間なんてものは、そうそう変わらないってことかもしれないねぇ。ああ、だけどそっちのお嬢ちゃんは少し変わったね。どこか地に足がついたような気がする」

ルイーズさんにそう言われてドキッとした。

だって前に会ったのは、まだ私が本当はこの世界の子供だって知らなかった時だから……。

でも今はしっかりエリュシアの子になってるってことだよね。

これなら、いつか四神獣《よんしんじゅう》に会っても、きっと『混ざりもの』だなんて言われないね！

今すぐは無理だけど、そのうち賢者《けんじゃ》の塔《とう》は祈りの塔として本来の姿を取り戻すらしいの。

その時には、塔で祈れば、お母さまや四神獣に会うことができるみたい。

実は、ティリオンと一緒に精霊界へ行ってしまったお母さまとはもう会えないのかなって寂しく思ってたら、ある日、魔鳥《まちよう》にそっくりな瑠璃色《るりいろ》の鳥が現れてそのことを教えてくれたの。

魔鳥みたいな作り物の鳥じゃなくて、なんと、ちゃんと生きている鳥だったからびっくりしちゃった。

しかもお母さまの声で鳥が喋《しゃべ》ったんだよ！

今では精霊界にしかいない、手紙鳥って呼ばれる鳥で、そもそも魔鳥はこの鳥を模《も》してドワーフが作ったんだって。

尾羽も瑠璃色で凄く綺麗な鳥だから、見てるだけでも楽しい気持ちになれるんだよね。

なんて思い出し笑いをしていたら、突然、神殿の……いや、王都中の鐘《かね》が鳴った。

そして……。

番外編 ▶▶▶ アマンダさんの結婚式

「うわぁ！」

沸《わ》き起こった歓声に、神殿の外に出てみると、そこには綺麗な虹《にじ》がいくつもかかっていた。

虹を見上げている人たちの中には、土の迷宮で出会った騎士学校の生徒さんたちもいる。

あっ。わざわざお祝いにきてくれたんだね。

「奇跡だ……」

騎士学校の先生も、感動して胸に手を当てていた。

「フランクさん、あれって？」

「……聖典に書いてあったのを読んだことがあるが……。ありゃあ、神の奇跡に違いない」

トウモロコシのヒゲの色をした髪をガシガシかいているフランクさんの横では、マークんたちが目を丸くして驚いている。

「もしかして、お母さまが祝福してくれたのかな」

「そうかもな」

これって、アマンダさんとゲオルグさんの未来には、幸せしかないってことだよね！

ありがとう、お母さま！

そして――。

「アマンダさん、本当におめでとうございます！」

「ふふっ。ありがとう」

私がもう一度お祝いを言うと、アマンダさんは見ている私も幸せになっちゃうような、華やかな笑みを浮かべた。

そして、レオンさんも……。

「うわっ。あんな優しい団長の笑顔は初めて見たよ」

アルにーさまの言葉に、レオンさんを見ると、本当に嬉しそうな笑みを浮かべていた。

あの顔を見たら、誰も氷の団長なんて言わないよね。

ゲオルグさんも、それを見て驚いたような、嬉しいような顔をして、アマンダさんと視線を交わす。

「にゃ〜ん」

「ノアール」

私はノアールをぎゅっと抱きしめる。

「良かったね！」

ゲオルグさん、アマンダさん、いつまでもお幸せに！

番外編

アイスクリームを召し上がれ

The Small Sage Will Try Her Best In The Different World From Lv.1!

ちょっと汗ばむかなというある日。

私は、なんだか無性にアイスクリームが食べたくなってしまった。

そういえばエリュシアに来てから、アイスクリームを一度も食べてないかもしれない。

それどころか、かき氷も見たことがない。

もしかして……エリュシアには冷たいお菓子というものがないのかもしれない。

これは大変だ。

ぜひみんなに、アイスのおいしさを知ってもらわなくっちゃ。

「アルにーさま、アイスクリームが食べたいです！」

「にゃん！」

ノアールも一緒にお願いしてくれた。

でも猫ちゃんってアイスを食べちゃいけないんだよね。

ノアールは猫じゃなくて魔獣《まじゅう》だけど……。でもネコ科っぽいから、シャーベットとかのほうがいいかもしれない。

「いきなり、どうしたのかな？」

アルにーさまが、ハトが豆鉄砲《まめでっぽう》をくらったような顔をした。

「いきなりじゃありませんよ。前から食べたいと思ってたんです。だから、ぜひ作りましょう！」

私の勢いに押されたアルにーさまと一緒に台所へ向かう。

「お嬢様、今度は何ですか？」

オーウェン家の料理長だけあって、腕もプライドも一流の料理長さんは、最初こそ私を警戒していたけれど、今ではすっかり仲良しさんだ。

「ええっとね、アイスクリームが食べたいです」

「あいすくりーむ、ですか？　それは一体どのようなお料理なのでしょう」

「冷たいお菓子です。口の中に入れると、ほわっと溶けるんですよ」

「ほわっと、ですか」

「ほわっとです！」

力説すると、なぜかアルにーさまに頭を撫《な》でられた。

「？」

「あまりの可愛さに、つい手が動いちゃったんだよ」

真顔でそんな恥ずかしいことを言わないでくださーい。

もうもうっ。

照れちゃうじゃないですか！

「ええっと、それで、作りかたなんですけども」

慈愛に満ちたアルにーさまの視線を感じながら、料理長さんにアイスクリームの材料を教える。

といっても、牛乳と卵と生クリームとお砂糖だけなんだけどね。

牛乳は牛の魔物のタウロス産で、卵もブラッドバードって呼ばれる赤いニワトリみたいな魔物の卵だ。

タウロスがツノを折ると大人しくなるように、ブラッドバードも風切り羽を切ると大人しくなるみたいで家畜として飼われてるんだって。

卵の外見は赤くて黄色い水玉の模様がついてて、まるでイースターエッグみたい。あと、食べたらお腹を壊しそうだけど、ちゃんとキュアをしておけば大丈夫。

だから卵はキュアが使える神殿で売ってるの。

もちろんこの卵も、神殿印の新鮮な卵なんだよ。

「まずボウルに卵黄《らんおう》とお砂糖を入れて、泡立て器で混ぜまーす」

泡立て器は、前にプリンを作った時になかったから、作ってもらったんだよね。

お菓子作りにはこれがないとね！

シャカシャカとボウルに泡立て器が当たる音がする。

ぐるぐる混ぜるより、ボウルを斜めにして左右に往復させたほうが早く混ざるんだよね。

おいしくな～れ、おいしくな～れ、って心の中で唱《とな》えながら、混ぜていく。

「じゃーん。お砂糖が溶けると、こんな感じに少しだけ白くなります」

次は、鍋に生クリームと牛乳を入れて弱火にかける。鍋の縁《ふち》が泡立ってきたら、卵黄と砂糖を入れたボウルの中に、泡立て器で混ぜながら少しずつ加える。

「ちゃんと混ざったね～」

ここで一度ザルとかで濾《こ》してもいいんだけど、今回はこのまま作っちゃおっと。

ちょっと大きめの金属製の四角い容器の中には水が入っていて、その中に小さめの、やっぱり金属製の四角い容器が置いてある。

小さめの容器にアイスの素を入れて。

ここからが肝心です！

私の、進化した魔法をご覧あれ！

「ダイアモンド・ダスト！」

ゲッコーの杖《つえ》をかざして、大きい容器の中に入っている水だけを凍《こお》らせる。

しばらくすると、小さな容器の中のアイスの素《もと》がゆっくりと固まってくる。

それをスプーンでかき混ぜるのを何度か繰り返して――。

「やった～！　完成しました！」

私は大喜びで飛《と》び跳《は》ねる。

「アルにーさま！　ちゃんとここだけ凍らせましたよ！」

「うんうん。凄《すご》いね、ユーリ。よくできたね」

偉い偉いと頭を撫でられて、えへへ～と顔が緩んでしまう。

ティリオンとの戦いでレベルが1に下がってしまったといっても、私の魔法の威力は他の人よりもちょっと大きくて……。

やったー！

つまり、威力を抑えるための制御が必要だったのだ。しくしく。

でもがんばって練習した成果が、今こうやって実を結んでます。

「さっそく食べてみましょう。料理長さんもどうぞ」

あらかじめ冷やしておいた器にアイスクリームを入れる。

「ノアールには後でシャーベットを作るから、待っててね」

「にゃ～ん」

ぷるるん。

プルンも後でシャーベットをあげるね。

「んんん……。冷たくて、おいしーい！」

できたてのアイスクリームを口の中に入れると、ほわっと甘く溶ける。

やっぱりアイスクリームっておいしいね。

「冷たくて甘くて、本当においしい。これはニホンのお菓子なのかい？」

アルにーさまに聞かれて、私は首を振る。

「日本だけじゃなくて、あっちの世界ではどこでも食べられますよ」

「そうなんだね」

いつか、アルにーさまと一緒に日本に行けたらいいなぁ。

一応私も神様の血を引いてるわけだから、きっとそのうち——。

《異世界からの緊急要請があります》

えっ、エリー⁉

なんで？？？

だってお母さまは、今は精霊界にいるはず。

《パーティーモードでのみ受注が可能です。受注する際は、パーティーを組んでください》

違う。

エリーの声じゃない。もっと機械的だ。

でも……。

「アルにーさま、パーティーを組んでください」

「いきなりどうしたんだい？」

「お願いします！」

手を差し出すと、アルにーさまはびっくりしながらも、手を取ってくれた。

《パーティーを確認しました。ミッションウィンドウ、オープンします》

目の前に、見慣れたミッションウィンドウが現れる。

これってどういうこと⁉

アルにーさまも驚いてミッションウィンドウを見ている。

「ユーリ。これは……？」

「私にも、一体どうなってるのか分かりません」

▽クエストが発生しました。
▽異世界の人たちが助けを求めています。助けに行きますか？
▽クエストクリア報酬《ほうしゅう》・・・界渡りの称号の効果を得る。
　クエスト失敗・・・特定の異世界への界渡りの不可。

▽このクエストを受注しますか？

▽　▽

はい　いいえ

「これがユーリの言っていた『クエスト』かい？」

「アルにーさまにも見えるんですか？」

「うん」

今までクエストは私以外には見えなかったのに……。

ナビゲーションがエリーじゃないから見えるようになったのかな。

ていうか、このナビゲーションは一体誰がアナウンスしてるんだろう。

「それで、ユーリはどうしたい？」

アルにーさまに聞かれて、考える間もなく答える。

「助けを求められてるなら、助けに行きたいです」

「にゃう」

ぷるん。

ノアールとプルンも一緒なら心強いね。

「そうだね。じゃあ、一緒に行こう」

アルにーさまが水色の瞳で優しく私を見下ろしている。

これから行く異世界がどんなところか分からないけど……。

みんながいれば、大丈夫だよね！

「はいっ」

ユーリ・九条《くじょう》・オーウェン。界渡りの賢者《けんじゃ》Ｌｖ．１。

今度は異世界を助けるために、がんばります！

あとがき

『ちびっこ賢者《けんじゃ》、Ｌｖ．１から異世界《いせかい》でがんばります！』の五巻を保護して頂き、ありがとうございます。

いよいよ本作で完結を迎えることになりました。今まで応援してくださった皆様、本当にありがとうございます！

こうしてきちんと完結まで物語を書けたことに、感慨無量《かんがいむりょう》です。

一巻から張っていた伏線《ふくせん》や謎なども、この五巻で無事に解き明かすことができました。

『ちびっこ賢者』で書きたいと思っていたお話は、全て書ききれたと思います。

最初は、異世界に転移して、元の世界へ戻りたいと奮闘《ふんとう》するお話を書きたいなと思って書き始めました。

ただ単に無双するのではなく、そこに戦うことに対しての葛藤《かっとう》とかも入れたいなと思って書き進めましたが、段々、いかにユーリとノアールを可愛く書くかに移行していったような気もします。

うん。可愛いは正義。

書籍化が決まって、竹花《たけはな》ノート先生のキャラデザを頂いてからは、特に「可愛さ」を意識するようになりました。

だって、竹花先生の描く可愛いユーリを見たいんですもの。仕方ないですよね（汗）。

この作品で、初めてのコミカライズや、初めての書き下ろしなど、作家として色々な経験を積ませて頂きました。

また、執筆中はユーリとノアールたちの冒険に応援の言葉もたくさん頂いて、本当に作家冥利につきる日々でした。

エリュシアでのユーリたちの冒険はひとまず幕を下ろしますが、コミカライズ等での冒険はまだまだ続きますので、楽しんで頂けると嬉しいです。

『ちびっこ賢者』を出版して頂くにあたり、ファミ通文庫編集部様、並びに担当編集者様には多大なお力添えを頂き、感謝しております。

毎回素敵《すてき》なイラストを描いてくださった竹花ノート先生、本当にありがとうございます。

その他、校正さんやデザイナーさんなど、本作に関わってくださった全ての皆様にもお礼申し上げます。

また愛のこもったＰＯＰなどで応援してくださった全国の書店及び書店員様もありがとうございます。

そして『ちびっこ賢者』を保護してくださった皆様の応援があったからこそ、完結まで物語を書くことができました。

本当にありがとうございます。

あとがき

みさき樹里《じゅり》先生が描く『ちびっこ賢者』のコミカライズはこれからも続きますので、引き続き応援をよろしくお願いいたします。

ユーリと彩戸《あやと》ゆめは新たなステージへ一歩を踏み出します。

書籍版は完結いたしましたが、ユーリたちはきっと皆様お一人お一人の心の中で冒険を続けていくことでしょう。

最後になりますが、ユーリたちと一緒に全世界の皆様にこの言葉を贈りたいと思います。

「届け、キュア！」

ちびっこ賢者、
Lv.1から異世界で
がんばります！
完結おめでとう
ございます〜!!
彩戸先生 お疲れ様でしたっ！
コミック版もがんばります！

魔法使いで引きこもり？
He is wizard, but social withdrawal?
Author 小鳥屋エム
Illust 戸部 淑
好評発売中!!!
重版、続々!!!
チート能力《スキル》を持て余した
少年とモフモフの
異世界のんびり
スローライフ!
女神により転生することになったお爺ちゃん。
望んだのは「健康な体」だけだったのに、
チート能力までも与えられてしまう！
転生後にその力を持て余していた少年は、
女神の「冒険者になって人生を楽しみなさい」
という助言により、冒険者として王都へ赴く。
様々な人々との出会いを通して、
彼の世界は広がっていく──。
01
魔法使いで引きこもり？
コミカライズ
月刊コミックアライブ
Webにて
毎月27日連載中!
enterbrain

ちびっこ賢者《けんじゃ》、Lv.《レベル》1から異世界《いせかい》でがんばります! 5

2020年5月29日　初版発行

著者　彩戸《あやと》ゆめ

イラスト　竹花ノート

発行者　三坂泰二

発行　株式会社KADOKAWA
〒102-8177 東京都千代田区富士見2-13-3
電話 0570-060-555（ナビダイヤル）

編集企画　ファミ通文庫編集部

デザイン　百足屋ユウコ＋豊田知嘉（ムシカゴグラフィクス）

写植・製版　株式会社スタジオ205

印刷　凸版印刷株式会社

製本　凸版印刷株式会社

●お問い合わせ（エンターブレイン ブランド）
https://www.kadokawa.co.jp/（「お問い合わせ」へお進みください）
※内容によっては、お答えできない場合があります。
※サポートは日本国内のみとさせていただきます。
※Japanese text only

 ISBN978-4-04-736132-4 C0093